JN020667

CONTENTS

イラスト／田中　琳

「大丈夫。
気持ちいいことは
全部俺が教えてあげる
から任せて」
「ほら、ここが
葵さんの一番奥。」
「ひゃあ！」

“遅漏の彼”と“名器の彼女”が出会ったら相性抜群でした!?

～極上御曹司ととろ甘蜜愛～

槇原まき

Vanilla文庫Miel

第一章

「あっ」

　ナニの先っちょにゴムだけを被ったほぼ全裸男が、その己のナニを両手で覆《おお》っている。男の目は見開いていて、こめかみをつーっと流れ落ちる汗を拭《ぬぐ》いもしない。前屈《かが》みになって完全に放心している。

（えっ、待って？　今なにかした？　入った？　全然わからなかったんだけど、入ったとしても五ミリくらい？　ってか三擦《みこす》り半どころか、ワン擦りすらしてなくない？　なのにもうイッたの？　うっそ。早ッ……）

　思ったことを口に出さないのは、優しさと呆《あき》れと処世術がなんだかイイ感じにブレンドされた結果だ。

　間《ま》宮葵《みやあおい》はベッドに横になっていた裸体を起こし、スススーッと両脚を縮めた。ついでに横にあったシーツを引き寄せて自分の身体を覆う。繁華街のカップルズホテルのシーツはペラい上に硬いが、今はこれでもないよりマシだ。雰囲気《ふんいき》と空気と体温が冷めに冷めて、もう寒いなんてもんじゃないから。

「っ！　な、なんか今日、体調が悪かったのかなー？　あはは」

ようやく我に返ったのか、男が前屈みのまま小さくなって、ミクロになったナニを護りながらゴムを始末し、そそくさと服を着る。

「シャワー、浴びないの？」

「いや、帰る」

返事はするものの、葵を見やしないで、男は言葉少なに部屋を出ていった。

「はぁ……」

漏《も》れるため息が重い。男が去ったドアを見つめる葵は虚無顔だ。

これでもできるだけ言葉を選んだつもりだった。合体からコンマ一秒足らずで暴発してしまったことには触れないでおいたのだから。まぁ、今のが合体なら、手を繋《つな》いだだけでも合体が成立してしまうような気がするが。

さっきの男、市川治《いちかわおさむ》とは付き合って一ヶ月。雑誌の撮影現場で顔を合わせたのが出会いのきっかけだ。お互いにヘアメイクスタイリストで同業者。彼はお喋《しゃべ》りではあったけれども、タレントからの評判もよかったし、話も合うし、二十八歳で同い年だし。仕事を通して何度か会っているうちに、「俺たち、付き合ってみようか」という流れになって、今日が初めてのベッド・インだったのだ。

（たぶん終わったね）

秒殺も秒殺。瞬殺だ。交際期間も短ければ、挿入時間も短いときたもんだ。ものの見事に爆速早漏《そうろう》記録を樹立。表彰モンだろう。

過去に何人かの男性と付き合ったことがあるが、挿《い》れた瞬間に暴発という名の即イキ。そんでもって放心。自身の息子の不甲斐《ふがい》なさに勝手に落ち込み、男としての自信を勝手に失い、勝手に音信不通になる——というのが、全員の共通点だ。まったくもって笑えない。だから今回もそうなんだろう。

葵は虚無顔のまま背中からベッドに倒れ、天井に取り付けられた火災報知器を見つめた。どうやら、この身体は名器らしい。

名器というのは、女のあそこの具合がとってもいいことらしいのだが、そんなの自分でわかるわけがない。自分で指を挿れてみたところで、他の女性と触り比べる機会なんてあろうはずもないからだ。

葵としては、彼ら全員が爆裂早漏説を推したいのが本音だが、「こんなんに突っ込んだら、誰だって出るわ！」と素っ裸でキレ散らかしていた男が過去にいたわけだ。しかも複数人。

「俺は早漏じゃねぇ！　おまえが名器なだけだ！」——という彼らの逆ギレに近い力説が、〝葵、名器説〟の由来だ。付き合う男全員が接触レベルで即イキしているので、信憑性はあるのかもしれない。

名器、名器と言われてきた葵だが、セックスでまったく感じたことがない。というかまず、セックスしたことがあると言えるのかが甚《はなは》だ疑問だ。さっきのアレを経験人数にカウントしなくてはいけないのか？　もしも向こうがカウントしているなら、それはちょっと御免蒙《ごめんこうむ》りたい。奥まで挿れられたことなど一度もないから、実のところ、自分は未貫通の処女じゃないかと訝《いぶか》しんでいるくらいなのだから。

「あ゛――……」

低い声で唸《うな》る。

理由はどうであれ、自分がホテルに置き去りにされたことには変わりない。おまけにこういうことは初めてではないのだ。これが名器の弊害なら、あまりにも理不尽。哀れである。しかも、自分が名器である限り、誰と付き合ってもこの理不尽は続くときたもんだ。

（私にまともな恋愛は無理なのかも……）

名器なら自分の身体に自信を持ってもよさそうなのに、葵の身体は葵に自信をくれない。むしろ自信を奪う。

「……ってか、ホテル代半分払えって。早漏め。帰るのも早い……」

ボソリと恨み言を呟《つぶや》いて、葵は部屋のドアに背を向けた。

◆

◇

◆

自室のベッドで目を覚ました葵は、寝ぼけまなこのままゴソゴソと枕元を探った。指先に当たったスマートフォンを反射的に拾い上げ、挿《さ》さっていた充電ケーブルを引っこ抜く。毎朝のルーティンと化した動きだ。

徐《おもむろ》にスマートフォンの画面を見れば、時刻は午前十一時。寝過ごした反省は後回しにして、撫《な》でるような親指の動きだけでメッセージアプリを起動し、昨日ホテルから先に帰った市川治の名前をタップする。

「はぁ……」

ため息と同時にスマートフォンを枕に伏せる。ついでに目も閉じた。

ベッドで不調という名の暴発を見せてくれた彼に、葵は昨日のうちに『体調は大丈夫？』と、短いながらも気遣うメッセージを送っていた。しかし、案の定と言うべきか返事はない。彼とのトークルームを開くまでもなく、アプリの通知バッジが出ていない時点でいろいろと察してはいたのだが。

（終わった。確定。絶対終わった）

昨日の時点では〝たぶん終わった〟だったのが、この瞬間〝絶対終わった〟に変わる。

本当に体調が悪くて、返信できないほど今も臥《ふ》せっている可能性？　そんなのナイナイ。

経験則から断言しよう。本当に体調が悪い男は、まずホテルに女を誘わない。意気揚々と脱いでいる時点で随分元気なのだから。まぁ、男のプライドがズタボロになって臥せっている可能性なら大いにあり得るが。

（ていうかさぁ……。置き去りにしたカノジョが無事に帰宅したかくらい、気にしてもよくない？）

そういう心遣いさえない時点で、あの男の中で葵という女のポジションは相当低いのだろう。早漏なのは百歩譲っても、置き去りシカトのコンボをキメる男というのは人としてどうなのか？　彼とこの先、まともにやっていけるとは思えない。

（価値観の相違。性格の不一致。自然消滅、自然消滅……）

念仏のように唱えながら、わずかに残っていた男への気持ちを自分から追い出す。

仕事上では問題なくても、プライベートで付き合ってみなきゃわからない。ここまで価値観がズレているなら合わせるのも無理がある。そもそもこの短期間で、消滅するほどのなにかが生まれていたのかすら怪しい。どうせ向こうも今頃は、関係性に〝元〟を付けていることだろうが、暴発早漏をやらかした直後に「早すぎて無理だわ。別れよう」なんてメッセージを送ったら、男のプライドをズタボロにしてしまうだろう。ここは、なにも言わないのが最適解。控え目に言ってご縁がなかったということだ。

「なんか食べに行こ」

今日は日曜日。日曜日が休みになるのは久しぶりだ。仕事柄、休みは不定期なのだ。

葵はベッドから起き上がると、パジャマ代わりのシャツをバサリと脱いでベッドに放り、白い素肌をあらわにした。

すぐ横に置いた姿見にショーツ一枚の身体を映して、くびれた腰に片手をやり仁王立ちになる。腐ってもヘアメイクスタイリスト。美意識は高い。全身肌チェックとプロポーションチェックは毎日の日課だ。

「………」

ま、悪くない。いや、目の下に若干の疲れが？　こういうのは見つけ次第早急にケアしなければ尾を引く。

「目元集中パックしよ」

長い髪を軽く搔《か》き上げながらバスルームへと向かった。広くはない１ＤＫだから、十歩も行かないうちにもう到着。

塩素除去機能が付いた多機能シャワーヘッドで、ぬるめのお湯を頭から浴びた。スクラブ入りのシャンプーで頭皮をゆっくりとマッサージすれば、ライムとベルガモットの爽《さわ》やかな香りが辺りに広がって、心を落ち着けてくれる。顔と身体はたっぷりと泡立てて、肌をいたわりながら優しく洗う。念入りに泡を流してからシャワーを切り上げた葵は、身体にタオルを巻いた状態でベッドの横に座った。美白と保湿作用に定評のあるパックシートを目元に貼る。パックは貼りすぎもよくない。適度な時間で切り上げて、化粧水をたっぷり。油分を減らした美容液、乳液でひたひたにしてあげた肌が、手のひらにモッチリと吸いつくようになればメイクの下準備は完成。メイクは下準備に一番時間をかける。土台が整っていないと、メイクは崩れやすくなるだけだ。流行《はや》りのツヤ肌メイクだって、一歩間違えるとテカリになってしまう。しっかりと潤《うるお》いを持たせた肌なら、ナチュラルなツヤやハリ感が生まれるから、プライベートだろうがここは手を抜かない。手を抜けば肌も荒れる。肌荒れしたヘアメイクスタイリストなんて洒落《しゃれ》にならないから。

白いちゃぶ台の上にドンッと置くのは、プロ仕様の黒いコスメボックス。これはこの仕事をはじめたばかりの頃に、職場で愛用していた物だ。でもいざ現場で使うとなると重いので、今はスーツケースタイプを使っている。愛着があって捨てられないから自宅用というわけ。ちなみに、撮影時にメイク直しをするときに持ち歩く通称「現場バッグ」はスーツケースタイプとはまた別だ。

パカッとボックスを開ければ、メイク用品がズラリ。ボックスの蓋《ふた》には筆が並び、化粧下地だけでも数十種類を超える。口紅とアイシャドウなんて数えるだけ時間の無駄だ。

メイク用品は、どれも仕事で使う前に自分で試すのが葵のこだわりで、そのせいもあってボックスは常にパンパン。

今日は目元が気になるから、美容液成分配合の下地を使おう。このクリームでしっかりとマッサージを施した肌に、ブラシでファンデーションをごくごく薄く筆で塗っていく。粉は一切使わない。こうすると水の膜が張ったようなツヤツヤの珠の肌になれる。ナチュラルに仕上げたいので、アイシャドウはラメ入りのクリームタイプで、淡いコーラルピンクをチョイス。涙袋メイクはくどくならないように――すっぴんは地味顔だけれど、キャンパスに絵を描くようにして顔に陰影を付ければ、なかなかにメリハリのある顔になれるのだから、メイクって楽しい。楽しくってやめられないんだから、葵にとってヘアメイクスタイリストという職は天職なんだろう。

（リップは……この間買ったやつを出しちゃえ）

新品のリップの箱を開ける。果汁のシロップのようなカラー感がコンセプトのリップテイントで、葵が選んだのはマイルドピーチカラー。コスメカウンターで試させてもらったが、おいしそうな潤いと発色がお気に入りポイントだ。

「うん。いいんじゃない？」

思い通りのツヤと発色に満足して、前結びレイヤード風がおしゃれなアースカラーのトップスに着替える。下に合わせるのはハイウエストワイドパンツ。髪をアイロンで軽く巻いてから低い位置でねじりお団子にして、大判のスカーフをカチューシャのように頭に巻いてアクセントに。

綺麗《きれい》になれば気分も上がる。その実、結構無理して上げていることには目を逸《そ》らして、葵は鞄《かばん》を片手に外に出た。

準備に時間をかけたから、もう十二時を回って十三時になろうとしている。お昼にはいい時間帯だ。

六月には珍しい青空が広がっていて、どこか涼しい空気感が漂っている。今年の梅雨入りは遅いらしい。でも、涼しいからと油断してはいけない。意外と知られていないが、実は晴れた六月に降り注ぐ紫外線の強さは最強レベルなのだ。量が多いのは八月だけど。だから紫外線UVカット仕様の薄手のカーディガンと日傘で紫外線対策も忘れない。

（前に行ったカフェでクロワッサンサンド食べよ。そして帰りにデパコス見てこようかな）

頭の中でざっくりとした予定を立てて、繁華街のある大きな駅へと向かった。

日曜の昼間ということもあって、駅はまぁまぁな混み具合だ。駅から三本、道を外れたエリアに目的のカフェはある。店内は狭いが落ち着いた雰囲気で、結構な穴場なのだ。葵がこのカフェに来るのは今回で二度目。今日も店内は半分ほどしか埋まっていない。

（席は……）

お目当てのクロワッサンサンドと、アイスカフェラテをトレイに載せて、店内を見渡す。

席はあいている。あいているのだが……

（カップルの隣ぃ）

店内のカップル率が異様に高い。カップルと空席が交互に並んでいる有り様だ。あいている席に座ると、強制的にカップルに挟まれることになる。

確かに雰囲気のいい店だし、デートにうってつけなのもわかるが、今、幸せに満ちあふれたカップルの隣に座るのは、心に謎のダメージを負ってしまいそうな気がする。なにせ葵はおひとり様。彼氏とは終わったばかり。

（やさぐれるわよ！）

己のガラスのハートを護るために、歯噛《が》みしてテラス席に向かった。三テーブルのうち、先客がひと組。間にテーブルをひとつ開けて座ることにする。

普段ならテラス席は選ばないのだが仕方ない。木陰ではあるし、一応パラソルもある。使ったファンデーションもUVカット仕様だから日焼けの心配はないはず。

（食べよ、食べよ。いただきまーす）

軽く手を合わせて、クロワッサンサンドを頬張る。しっとりハムと、とろける玉子の食感。食べたかった味に口の中が満たされて、自然に「ふぅ」と、ひと息ついていた。

カフェラテを飲みながら、スマートフォンを見る。誰からも新着メッセージはない。昨日の男とはもう終わりだ。今後連絡が来たとしても、あんな対応をしてくる彼と付き合っていくことは無理。

（はーっ。どうしてこう続かないかなぁ……）

歴代彼氏曰《いわ》く、葵が名器なことが問題なんだそうだ。実際それでフラれている。

(真面目な話、私ってもしかして、結婚とか無理なんじゃ？)

第一に男関係が長続きしない。そもそも相手が挿れたかどうかもわからないうちに即イキするんじゃ、仮に結婚できたとしても、自然妊娠するかも怪しい。だって入っていない可能性が大なのだから。

(結婚か……結婚……)

先日誕生日を迎えたばかりの二十八歳。そろそろ結婚したい気持ちもある。相手はいないが、これから見つけられないこともないと思いたい。けれども二十八歳。仕事に極振りするなら今が舵《かじ》の切りどきだ。

葵のヘアメイクスタイリストとしての師匠であるキタホリシエリは五十代の女性で、業界でも名声を馳せている。彼女は自らの名前を冠したシエリウムというサロンを経営しており、都心を中心に全国に数店舗ある。

サロンとしても大きい部類に入るシエリウムだが、キタホリシエリをメインとするトップヘアメイクスタイリストが活躍するのは、雑誌・広告、テレビなどの媒体。葵もその中のひとりだ。シエリウムを代表するスタイリストとして、単独で現場を任され、師匠にも目をかけてもらっている。このまま仕事に邁進《まいしん》していけば、この経験がいずれ成果という形になってあらわれることだろう。

葵はこの仕事が好きだし、夢だってある。いつか自分のサロンを持ちたいというのはその代表格だ。師匠はやっていないが自社コスメブランドの立ち上げも興味がある。メイク本の出版なんて、もう最高。だが現実的に考えるなら、出版よりも先に雑誌でのメイクコーナーの担当依頼を貰《もら》えるようにならないといけないのかもしれない。そのためには、今担当している、タレントたちの信頼を強固なものにし、世の中のトレンドとなるようなメイクスタイルを確立させるなど、ヘアメイクスタイリスト・葵としての露出を上げていかねばならない。そうなると、仕事とプライベートの両立という課題にぶち当たるわけだ。

もちろん、精力的に活動していても、結婚して家庭を築いて、プライベートと両立している人もいる。しかしそれがなかなかに難しいことも事実。なにせ師匠のキタホリシエリはバツイチなのだ。この業界、上に行けば行くほど独身かバツイチが増えてくる。

でも葵の場合、結婚云々《うんぬん》の前に相手がいない。付き合ってもすぐフラれるこの現実をどうにかしなくては、結婚にも漕《こ》ぎつけられない。

(もういっそのこと、ピュアアッピュアなお付き合いをすればフラれないいんじゃない⁉　そんでもって、結婚後もピュアなままで、処女受胎の勢いで人工授精すれば……)

なーんて。一瞬、そんな突拍子もないことを考える。

(あー。でもその場合、私は一度も感じたことがないまま一生を終えるってことか……。ヤダヤダヤダヤダ！　絶ッ対ヤダ！)

自分がピュアッピュアな人間だとは言わない。当然、身体の欲求はあるわけだ。葵だけじゃない。誰にだってあるはずだ。

欲求を恥だと言うなら、生きていることが恥だ。三大欲求の対岸に逝《い》くにはまだ早い。女に生まれたからには、女の幸せをおもいっきり感じてみたい。奥からの身体の快感というものを味わってみたい。そういった望みを持つことはいけないことなのか？　それは望みじゃなくて好奇心だろうって？　じゃあ、好奇心はいけないことなのか？　好奇心旺盛だからこそ、仕事で新しいことに挑戦できているというのに。

（いい感じの男がいればいいのよ。いい感じに早漏じゃない男が！）

名器らしいこの身体に耐えられる男。どこかにいやしないだろうか。もちろん好みの顔で。性格がいいならなおいい。価値観や趣味が合うなら最高だ。

しかし、そんな男が仮にいたとしても、関係が上手くいくとは限らない。でも、上手くいくかもしれない。それに思うのだ。この身体に耐えられる男なら、少なくとも即イキからの音信不通にはならないのではないか、と。そうすれば仕事もプライベートも両立できるのでは？　微粒子レベルで存在しているであろうその可能性を否定したくない。微粒子レベルの可能性を摑《つか》んだなら、それはもう運命と言えるのでは!?

ぐるぐるとやさぐれた思考を巡らせながら、これまたぐるぐるとカフェラテをストローで搔き混ぜる。

ミルクとエスプレッソが混ざってひとつになったこのカフェラテのように、仕事もプライベートもいい感じの配合で両立して、おいしくいただかせてくれる運命の男はいないものか。

いやこの際、贅沢《ぜいたく》は言わないから結婚も恋愛も置いておいて、おもいっきり感じてみたいという女としての望みだけでも叶《かな》えられないだろうかという、妥協の気持ちまで湧いてくる。でも妥協しようにもなんにも、そういう男がいないからこうなっているんじゃないか。

自分の目の前にないものは、この世にないのと同じだ。

今、自分は人生の分岐点にいる。時間は有限だ。過ぎ去ってしまえば取り戻すことは不可能。年齢的にも、本気で考えないといけないところにいるのだ。三十代、四十代が人生の核。仕事も家庭も重要な時期。そこで築いた土台の上に、五十代、六十代の人生が載ってくる。

男関係なんてきっと上手くいかないんだと、身体の快感なんて知らなくたって、立派に生きていける。くだらない好奇心に振り回されるなんて幼稚すぎると割り切って仕事に邁進したほうが、きっと有意義な人生を送れる。なにもかも振り切って挑めば、仕事はきっと応えてくれる。そういう場所にいる。

そうわかっているのに、諦めきれない。微粒子レベルに存在している〝女として幸せになれるかもしれない可能性〟が、キラキラと魅力的な輝きを伴っていて、完全に目を背けることができない。こんな小さな可能性に縋《すが》って、仕事での成功という、より大きな可能性を逃がすのか？　それでいいのか？　男と付き合ってもどうせ別れるのなら、費やす時間が無駄ではないのか？　迷っている時間はあるのか？

「ってか、おまえさ……遅漏《ちろう》が原因でフラれるのって、もう何回目？」

呆れたような男の人の声が聞こえてきて、思わずビクッとしてストローを掻き混ぜていた手をとめる。

（え？　今、なんて？　ち、遅漏？）

知識として知ってはいても、ちょっとリアルでは耳馴染《なじ》みのない単語である。

（遅漏ってアレでしょ？　すごく遅い人のことよね？　ア、アレのときに……）

うっかり気になってしまい、声のしたほうに目だけを向けた。三席あったテラス席の、空席をひとつ挟んだ向こう側に、男性ふたりが向かい合って座っている。

「おまえ、彼女に結構尽くしてたんじゃないの――って、おい……ったく、泣くなよ……」

（えっ、泣いてるの？）

今度は顔をしっかり上げて見る。葵に背を向けた側は黒髪だったが、奥に座った男性はとても色素が薄い人だった。

淡い陽射しに照らされて輝く髪は、栗色を通り越した亜麻《あま》色。長年、美容業界にいるからわかる。あの色は染めていない。完全に天然物だ。少し長めの髪はサラサラのツヤツヤ。

天使の輪まである。美意識の破片を感じて好感度が急上昇。肌も抜けるように白い。年は葵と変わらないくらいか？　身体の線が特別細いわけではないけれど、雰囲気や、手をやった目元、そして少し物憂げな表情が儚《はかな》い。

（わぁ……綺麗な人……）

泣いているのはこの儚い系イケメンのほうか。正直、めちゃくちゃ好みの顔である。ポロッとこぼれてくる涙もイイ。左目の下に泣きぼくろまである。白の襟付き前開きシャツとブラックジーンズという超シンプルな装いでも絵になるのは、スタイルがいい証しだ。神よ、ちょっとばかり彼の造形に力が入っていないか？　これは格差を見せつけてくる美貌だ。

「……泣いてない。目にゴミが入っただけ」

強がっているらしい言い草だが、声はどこか気怠《けだる》げで力がない。でもそのせいだろうか？　色気がある。

実に申し訳ないと思いつつも、勝手に想像してしまう。こんな儚い系イケメンが遅漏だなんて。

どれだけ遅漏だったら、それが原因でフラれるというのか。この美形の彼に愛されて、尽くされていたなら、抱かれるのも歓《よろこ》びしかなさそうなのに。

確かに、あまりに行為の時間が長すぎるのも苦痛だと、女性向けファッション誌に書いてあるのを読んだことがあるにはあるが……別れるほどのマイナス要素なのか？　その点、葵には未知数だ。なにせ爆速早漏野郎としか出会ったことがない。

（遅漏……遅漏……そっか。この人みたいにすごく遅い人なら……）

案外、上手くいくのではないか？

並の男は、葵の名器の前では早漏と化すのだ。ならば、遅漏の男であれば並になる可能性はないだろうか？　いや、まぁ、当然、遅漏も名器に瞬殺されて早漏になってしまう可能性もあるにはあるが……それは体験してみなければわからない。

（そうよ。遅漏の人と寝てみて上手くいかなかったら、もう恋愛も結婚も諦めてずっと独り身でいればいいのよ！）

問題は相手だ。

葵は指先で涙を拭っている儚い系イケメンの彼を見つめて、生唾を呑《の》んだ。

彼は――遅漏。

これが自己申告だったなら見栄を張っている可能性や、嘘《うそ》の可能性を考えた。しかし彼の場合は話が違う。彼は遅漏が原因でフラれたのだ。しかも、聞いている限り初めてではないようだし、おまけにそれを悩んでいるらしい。もうこんなの、遅漏で確定だろう。

遅漏だ。遅漏。遅漏に間違いない。

この人がフリーなことは今の会話でわかった。声をかけてみよう。そして自分の今後の人生を決めよう。前進するためには、退路を断たねばならないのだ。

葵はキッと未来を見据える目に力を入れた。

(私に必要なのは仕事に極振りして独身街道を爆走する覚悟よ！　そこの見知らぬ儚い系イケメンさん！　すみませんが私に覚悟をください！)

心の中で謝罪しながら様子を窺《うかが》っていると、目当ての人の友人らしき黒髪の男性が席から離れた。店内に入っていくのを見るに、追加注文か手洗いか、そんなところだろう。

今がチャンスとばかりに、葵は立ち上がった。

「あの……すみません」

側《そば》に寄りながら、おもいきって話しかけてみる。

「？」

顔を上げ、胡乱《うろん》な目を向けてくる彼は、ドキリとするくらいにいい男だ。泣きぼくろが色っぽい。好みすぎる。

「私の話を聞いてもらえませんか？」

「はい？　どういうご用件でしょうか？」

返ってきたのは、思いのほか礼儀正しい受け答えだった。

(聞いてくれるんだ……私だったら絶対に聞きたくないんだけどな)

自分がやっていることが相当おかしいことだという自覚はある。こんなの完全にナンパだ。ナンパじゃなかったら、突然話しかけてくる見知らぬ人だなんて、キャッチか怪しい宗教勧誘の類《たぐい》だろう。真面目に話を聞くメリットなんか一ミリもない。無視するに限る。

そう、葵はこの人に自分が相手にされないことを確信してやっているのだ。

(メイクの神様、誓います！　この人に断られたら、私は仕事に生きます！　仕事しかしません！)

好みの顔の上に遅漏だなんて好条件の男の人、これからの人生でお目にかかれるとは思えない。当たって砕けてみれば、諦めも踏ん切りもつく。突然話しかけられたこの人には悪いが、たぶん今後会うこともないだろう。ついでにこの店には一生来ないでおこう——そこまで考えて、葵は口を開いた。

「あなたのお話が聞こえてしまって……その……えっと……ち、ち、ち——」

遅漏だそうですね——なんて言えるか！　あまりにも非常識すぎる。いや既《すで》に盗み聞きしている時点で相当に非常識なのだが。

言い直そう。そうしよう。

「あ、あの！　実は私……自分でこういうことを言うのもヘンだと思うんですが……その、め、名器、らしくて……男の人が一秒も持たなくて、ですね……」

(ああっ！　もう、私、完全に変態やん！　自分のこと名器とか言ってるイタイ女やん！なんで話しかけた⁉)

会話ともいえない一方的な会話がはじまって、まだ一分も経っていないはずだが、既に葵はしどろもどろだ。

顔は熱いし、恥ずかしさのあまりに視線がぐるぐると泳ぐ。変な誓いなど立てるんじゃなかった。誓われたメイクの神様もきっと呆れている。

「……その……よ、よかったら、私と……その、えっと、あの、なんというか、あの……その、えっ、えっ……ち、して……」

「…………」

（ぬあああああ！　死にたい！　なに言ってるの私！）

なにが辛《つら》いって、イケメンに無言で見上げられるのが辛い。彼自身は無言だが、下ろした前髪の間から覗《のぞ》く瞳はなにより雄弁だ――「なに言ってるんだ、この痴女《ちじょ》」

かなりボソボソとした話し方になっていた上に、〝えっちして〟なんて、尻すぼみどころかほぼ声が出ていなかったと思いたいが、彼の反応から察するに、バッチリ聞こえたんだろう。

（当たり前だよね、軽蔑するよね。初対面でいきなり〝えっちして〟とかドン引きだよね！　というかよく考えれば、この人は彼女にフラれたばかりで、泣くほどショックを受けていて、ってことはまだ彼女のことが好きなんだろうし……そんな人に私はなんて自己チューな！　ああっもう！　最悪！　死ぬぅ！）

罪悪感に泣きたくなってくる。というか、心の中で泣いた。

今すぐなかったことにしたい。時間を戻したい。時間は有限だと焦った結果、戻らないとわかっている時間を戻したくなるほど後悔する羽目になるなんて！　しかも、見知らぬ人を巻き込んで！　やさぐれた思考の末の行動なんて、ろくなもんじゃなかったんだ。

「すみません、ごめんなさいっ！　やっぱりなかったことに――」

「いいよ」

謝りながら下げたばかりの頭をガバッと上げる。

「いいよ」とは、なんに対する返事？　この突飛《とっぴ》な頼みをなかったことにしてくれる？

「はい？」

葵が動揺しながら見つめると、彼はなんてことないように言ってのけた。

「だから、いいよ。しよっか」

「へっ？」

なにを――とは言わなくてもわかった。提案したのは葵だから。でも、自分が敷いたレールから脱線した流れに、脳がバグってフリーズを起こす。こんなはずではなかったのだ。断られることで人生を前進させようとしていたのに、まさか受け入れられるなんて。

「えっ、誰？」

突然、背後からした声にビクッと身を竦《すく》ませて振り返ると、戻ってきた彼の友人らしき黒髪の人が、トレイに載せた一人前のサンドイッチを持って立ち尽くしているではないか。

「ちょっと用事ができたから行くよ、またな」

ゆったりとした動作で立ち上がると、手にしていたスマートフォンをジーンズのヒップポケットにしまう。

「あ」

頬にふわっと夏の風を感じて我に返る。いつの間にか葵は儚い系イケメンに手を取られて、そのまま店を出ていた。

◆　◇　◆

駅裏にあるカップルズホテルの一室で、葵の頭は混乱を極めていた。ホテル備え付けのボディソープの安っぽい甘い香りが、混乱のスパイスだ。

ほぼ水のシャワーを浴びて身体を冷やしているのだが、緊張に高鳴った心臓が身体を無意味に熱くする。ほどいた髪を掻き毟《むし》りたくなるが、髪が傷むのでやらない。

あのあと、儚い系イケメンの彼は葵の手を引いてコンビニに入ると、躊躇《ためら》いもなくコンドームを買った。

『俺、しないから持ち歩いてないんだ』

彼はそう言ったが、買うということは、今はするつもりがあるということで――

「……ってか、会ったばっかりの人としちゃうとか……」

Q．いいの？

A．よくないです。

こんなのは当たり前のことで、なにを今更というレベルの常識が伸《の》しかかる。

しかし、それをわかっていながらも、誘ったのは他の誰でもない自分自身。応じてくれた彼を非常識だと責めるのはお門違いというものだ。むしろ非常識は葵。

切羽詰まった挙げ句に、だいぶ間違った方向に一歩を踏み出してしまった感が否《いな》めない。でも引くに引けない。

（だ、だって……！　あの人、遅漏だって……言うからぁ……！）

見知らぬ人ではあるが、遅漏の殿方とベッドを共にしたら、なにかが変わるかもしれない――そんな淡い期待と興味があるのも事実。その裏で、なにも変わらないのであれば、キレイサッパリ諦めもつくという思いもある。

（……さ、最後だから……）

メイクの神様に誓おう。これで上手くいかなかったら、今度こそ……今度こそ仕事に生きる！

意を決した葵は、シャワーを切り上げてガウンを羽織ると、あの儚い系イケメンが待つベッドルームへと向かった。

「お、お待たせしました……」

「ん」

先にシャワーを浴びていた彼は、ガウン姿でベッドの淵に腰かけていた。振り向きざまに、触っていたスマートフォンをベッドサイドの棚に置いて、ポンポンと自分の横を軽く叩《たた》く。

おいでとか、座ってという意味だろう。

促されるままに彼の横に座ってはみたものの、露骨に距離を開けてしまった。ちょうど人ひとりぶんの距離を。だって彼がスマートフォンを置いた棚には、既に封を切られたコンドームの箱があるんだもの。意識しないなんて無理だ。

「えっと、もしかして緊張してる？」

――マジで？　誘ったのはそっちなのに？　という言葉が続きそうではあったが、実際には続かなかった。彼は距離を詰めるわけでもなく小首を傾《かし》げて葵を見つめている。ただそれだけなのに、顔がよすぎて絵になるからイケメンってずるい。この彼が本当に遅漏なのか？

「……緊張、してます……」

「ふむ」

彼は軽く息を吐《つ》くと、ぼんやりと天井を見上げた。

「まぁ、あまり気負わなくてもいいんじゃない？　俺、正直に言って、セックスで気持ちいいって思ったこと、一度もないし」

「え？」

そういう男の人もいるのか。それは頭になかった。もしかしてそれは不感症とか、そういう類？　だから遅漏なのか？

かなりデリケートな話題にどう返事をしたものかと戸惑い漏れた声に、彼がくすりと笑う。それは自分を蔑《さげす》んだような、どこか皮肉めいたものがあった。

「だから、今も興味でしようとしてる。名器らしいあなたなら、なにか違うの？　っていう興味」

戻ってきた彼の視線は〝興味〟を語るには熱がない。

彼女にフラれたばかりだから？　それとも自分に諦めているから？

それはわからないが、葵はこの人と自分のひとつの共通点を見つけていた。

名器らしいこの身体を、葵は自分ではどうすることもできない。

そのどうすることもできないことで、恋人から別れを告げられる――葵が散々味わってきた寂しさと悲しみを、たぶんこの人も味わってきたんだろう。

「私も……興味、あります。気持ちよくなったことがないから……その、どうなるか……」

そう言った葵の髪をひと房、彼がすくい上げる。自分を見つめてくる目にドキリとした。

「じゃあ、お互い好奇心を満たしてみようということで」

葵は頷《うなず》く代わりに、彼のほうに詰めて座り直し、確かにあったひとりぶんの距離を埋めた。

「唇にキスは？」

髪に触れていた手で、葵の頬を撫でながら彼が顔を近付けてくる。爽やかで心地いい香りがした。ベースはあのホテル備え付けの安っぽいボディソープの香りだろうに、この人の体臭と混ざることで変化したのか。普通にいい香りに思えるから不思議だ。でも、受け入れたらいけない気がする。

心のどこかで期待していながら、対岸では諦めている。たぶんそれはお互い様。

「……なしで」

葵がそう返すと、彼は「了解」と軽く頷いて、頬に唇を当ててきた。手慣れていて、軽くて、意味のないキス。はじまりの合図は優しいけれど、同時に熱もない。

「あ、の……私、どうしたらいいですか？」

わずかに視線を逸らしながら尋ねる。今まで相手にした男は、みんな勝手にその気になってくれたから、不感症かもしれない彼の扱いに悩む。

セックスはふたりでするものであっても、主体は男性側にある。男がその気にならなければ、できない行為だということを葵はよく知っていた。

「ああ、そういうのはしなくていいよ。俺は女の人にされても別に感じないし。でも触らせてもらえたらそれなりに興奮するから勃《た》つと思う。あなたは綺麗だからね」

(綺麗って言ってくれるんだ。てっきりヤバイ女だと思われてると思ってたんだけどな)

彼に声をかけたときの自分のテンパリ具合は、かなり際どかったという自覚があるぶん、自然と肩を竦めてしまう。そんな葵の仕草《しぐさ》を、彼は否定や謙遜と受け取ったんだろう。

「好みじゃなかったら、抱こうとは思わないでしょ」

そう言って目を細めて笑う姿には、どこか不思議な魅力があった。

なにを考えているのかわからないからこそ、余計にそう感じるのかもしれない。

「私も、あなたは好み。かっこいいし、髪がツヤツヤですごく綺麗」

嘘じゃない。職業柄のコメントも混じってはいるけれど。

「はは。ありがとう」

彼は葵の身体をギュッと抱き寄せると、もう一度頬にキスしてきた。そのまま耳に唇が移って、耳朶を食《は》まれる。少しだけ体重をかけられる感覚に身を任せれば、ゆっくりとベッドに押し倒された。

なぞるように、首にゆっくりと唇が触れる感触は嫌いじゃない。身体が受け入れる用意をはじめるのがわかる。

力を抜くのと同時に目を閉じると、彼の手がガウンの腰紐をほどいた。

ぷるんっと弾《はじ》ける乳房が柔らかな手つきで揉《も》みしだかれ、押し出された乳首が口に含まれて吸い上げられる。感じるのは、気恥ずかしさとくすぐったさ。

男とベッドを共にするのは初めてではないけれど、自分から声をかけた見ず知らずの人とは初めてで、否《いや》が応《おう》でもドキドキする。背徳感混じりのスリルに高まる気持ちがないなんて言えば、それは嘘だ。

身を委ねながら薄く目を開け、亜麻色の髪を撫でる。細い絹糸のようにサラリと滑る感触は、本当に気持ちいい。

(癖《くせ》になりそう)

前髪に指を差し込むと、見上げてくる彼の目と視線が絡む。熱がない眼差《まなざ》しにゾクリと肌が粟立《あわだ》ったのもつかの間、伸びてきた赤い舌がスローな動きで乳首に絡み、肌を這《は》っていく。

揉みしだいた双丘に頬をすり寄せ、緩急をつけて乳首を摘《つ》まみ、それを口に含む。

舌と口蓋《こうがい》に挟まれて、扱《しご》くように強く吸われると、お腹の奥がきゅんっと疼《うず》いた。

感じたいと、身体が訴えるのだ。

(あなたは、私を感じさせてくれる?)

期待なんかしないほうがいい。わかってる。ずっとそうだったじゃないか。

揺れる思いで見つめると、視線を感じたのか彼が顔を上げる。乳房をゆっくりと撫で回しながら、彼は葵の首筋にキスしてきた。

「俺があなたを感じさせてあげられたらいいんだけど」

囁《ささや》く声色は優しい。でも熱はない。情のない優しさというものもこの世にはあるのだなと思いながら、彼の頬に触れてみる。彼自身は儚げな容姿なのに、ガウンから覗く肉体は、肩幅も腹筋もあって思いのほか逞《たくま》しい。

彼は少しの間目を閉じて、葵の好きに頬を撫でさせていてくれた。が、やがて葵の手を摑むと唇に当て、指先を甘く噛む。その仕草になにか特別な意味があるとは思えなかったが、見つめられると動けなくなる。

彼は噛んだ指をゆったりと舐《な》め上げると、自分の唾液で濡《ぬ》れたそれを葵の口に含ませてきた。

唇へのキスはしないと言ったけれど、こんなことをされたら下手なキスよりドキドキするから困る。どうやら彼は、男女の情事に相応《ふさわ》しい演出ができる男らしい。

両手を緩く頭上へと掲げられて、つんっと突き出た形のよい乳房が食べられてしまう。彼は下から上に丁寧に乳首を舐めて、円を描きながら絡め、チュッと強く吸ってくるのだ。反対の乳首はくにくにといじりながら摘まれて、軽く引っ張られる。

胸だけにこんなに時間をかけて愛撫《あいぶ》されるのは初めてで、戸惑うのにいやじゃない。

「んっ」

胸の谷間から臍《へそ》までを、つーっと舐められて思わず声が漏れた。背中がゾクゾクする。

下着のない脚の間にゆっくりと指を這わせて、臍の中に舌を入れるのと同時に、とろみを帯びた花弁を親指でまさぐる。そうして探り当てた蕾《つぼみ》をくにくにといじりながら、舌をまた下にと這わせてきたのだ。

「！」

恋人でもないのに、肌を合わせようとしておきながら、気にするのもおかしな話なのかもしれない。でも、この人がそこを口で愛撫しようとしていることに気付いて、葵は思わず脚を閉じた。

「え、ま、待って！　あの、そんなことしなくても……するなら普通に指で……」

突然、待ったをかけた葵に彼は目を瞬《またた》いたが、やがて「うーん」と躊躇うように口を開いた。

「指でほぐしてあげたいのは山々なんだけど、あんまり指ですると、俺、ただでさえ感じないのが更に感じなくなるから……」

申し訳なさそうに眉を下げる彼が言わんとしていることがわかって、葵は「ああ、なるほど」と頷いた。

口でしようとしたのは、葵のためでもあるのだろうが、彼のためでもあるということか。

お互いに〝感じることができるか〟という好奇心がこの行為の前提にある以上、彼が感じないとわかっていることをするのはナンセンスだ。

葵は閉じた脚を緩めた。

「大丈夫ですよ。ほぐさなくても」

名器由来かはわからないが、わりと濡れやすい体質なのだ。さっき胸を愛撫されただけでも結構濡れている。それで充分だ。彼だって、葵に咥《くわ》えろなんて無体なことは言わなかったんだから、葵だってそこまでしてもらおうなんて図々しいことは思っていない。

ベッドサイドの棚からコンドームの箱を取って、彼の前にポンと軽く放る。

「お互いにフェアでいきましょ?」

そう言う葵のどこが面白かったのかはわからないが、彼は少しおかしそうに笑ってワンパック取ったゴムのパッケージを噛んで破った。

「そうだね。でも痛かったら言って。そのときはやめるから」

気遣いのあるひと言が嬉《うれ》しい。そう言ってくれるだけでも、身体を預けるのに安心できるから。

(あ……結構、おっきい、かも……)

ガウンの合わせ目からチラッと覗いた彼の物は、大人しそうな顔に似合わず雄々《おお》しく猛《たけ》っている。想像以上でドキドキしてしまう。

片手でゴムをつけたであろう彼が、葵の片膝を軽く押して脚を広げる。抵抗はしなかった。これは葵が望んだことだから。胸にあるのは祈るような思いだ。期待しないと自分に言い聞かせていたくせに、この一瞬だけは、期待が諦めを大きく上回っていた。

（どうか大丈夫でありますように……！）

ぴとっと淫溝の凹《へこ》みに、硬い熱の塊が充てがわれる。そしてそれがゆっくりと葵の中に入ってきたとき――

「「あっ」」

（な、なんだこれ、めちゃくちゃ気持ちいい……嘘だろ……）

相馬《そうま》凌久《りく》は目の前の女性の身体に呑み込まれる没入感と、背中を迫り上がってくる強烈な快感に、思わず声を漏らして目を見開いた。

凌久にとってセックスとは、苦痛そのものだった。

好きになった女性との触れ合いは幸せ――のはずだったが……

まったく感じないのだ。

身体に触らせてもらえば興奮はする。だが、いざ挿入してみれば、待っているのはよくわからない感覚。気持ちよくもなんともないから、どうあっても射精までもっていけない。

自分が不感症レベルの遅漏なんだと気付いたとき、最初は深刻に捉えていなかった。まぁ、そういうものかと思ったくらいだ。自分にはなんの快感もなくても、長く相手を悦《よろこ》ばせてあげられると、ポジティブに考えたこともあった。実際、そういう女性主体のセックスをしてきたと思う。でも、相手の女性は望むのだ。

『ねぇ、私の中でイッて』

請《こ》われて、馬鹿《ばか》正直にやってみた結果、待っていたのはお互いに幸せにはなれない結末だ。さすがにそういう経験を何度か積めば、セックス自体が億劫《おっくう》になる。元から楽しくなかったものが、余計に苦痛になるのだ。

それでも欲求は死ななくて、日増しに身体は器用になって、心を置いてきぼりにする。どうしようもなく孤独な長い夜が増えるほどに、「やがて」「いつか」と出会えるはずだと運命の女《ひと》を渇望して、期待して、見つからないことに絶望する。

そうしているうちにひとつの結論が見えてくる。愛してもどうせ身体ごと受け入れてはもらえないのだ、と。なら、相手に自分の心を差し出す意味はあるのか？　最終的に拒絶されるのは、どうせいつも自分なのに？

心だけで満足できる愛を凌久は知らない。老いたら、そういう愛を知るようになるのかもしれないが、枯れたい気持ちだけで枯れるほど、若さは弱くない。そのときを待つしか、この渇望に似た欲求から解放されることはないんだろう。

そうして、距離を置いた関係しか築けなくなっていたときにあらわれたのが彼女。名前も知らない彼女が〝名器〟を名乗ってきたとき、訝しむ気持ちと共に微《かす》かに希望を見た気がした。それに、名器が故《ゆえ》に男が一秒も持たない、感じたことがないと言ったこの人が、どこか切羽詰まったように見えて不憫《ふびん》だったのもある。自分が相手になって少しでも快感を与えてあげられるなら、自分が気持ちよくなれなかったとしても、それもいいかと思ったのだ。男として役に立たない自分がこの人の役に立つなら。

なぜなら凌久は、今まで一度も女性の中でイッたことがないから――

（いや、既にイキそうなんですけど……？）

雁首の処《ところ》までしか入っていないのに、感じるのは未だかつてない猛烈な締め付けだ。しかも奥が誘うようにうねって熱い。まだ入り口なのに。

どこか冷めていた身体が一気に昂《たか》ぶって、背中を汗が伝う。もしかして処女？　と考えなくもないが、彼女の話では違うのだろう。

予想外にもほどがある。

こんな身体の女性がいるなんて。普段は鈍感な漲《みなぎ》りも、信じられないほどに猛っている。確かにこれほどの身体なら、男が持たない。万年不感症の凌久がイカされそうなのだ。並の男は無理だろう。

（ヤバイ。俺、この人を満足させられるか？）

彼女を見る。ベッドに仰向けになった彼女は、浅くではあるが身体を貫かれて、瞳を潤ませて言うのだ。

「はいってるって……わかる……こんなのはじめて……」

両手で口元を覆い、感動に打ち震える声は、演技だとはとても思えない。となると、これは処女由来の狭さではなく、単純に締め付けが強いのか。

自分はもう既に気持ちいい。だが彼女が本当の快感を知らないままなのはダメだ。

凌久にだって、男としての——いや、遅漏としてのプライドがある。

(俺がこの人を満足させてやらなきゃ)

「まだ入り口。奥、挿れていくよ」

謎の使命感に意を決して、ずずずずっと腰を進めれば、彼女の潤んだ目が見開いて、両膝を立てたまま背中が海老《えび》反《ぞ》りになっていく。

「んっ、ああっ——あっ、ひっ、んんぅ〜んっ！　アアッ！」

ひときわ感じ入った声と共に、媚肉のうねりが強さを増して、それだけでももっていかれそうになる。でも、奥まで入った。

下手なことは言わずに、指でほぐさせてもらえばよかったと後悔するほどの締まりだ。入り口も狭かったが、中も狭い。中央辺りがくびれているのか、もう一段階締め付けられているようにも感じる。

そして特筆すべきは、絡み付いてくる肉襞の多さだ。いくつもの深い溝があるような錯覚さえ感じる。蜜路全体はしっとりもちもちした弾力性があって、他の女性と明らかに違う。

しかも狭い処を抜けて奥に届いたと思ったら、その奥がうねりながら亀頭に吸いついてくるのだ。無数の小さな唇に、一斉にキスされているような吸着感がたまらない。

深く挿れて突き上げてみれば、肉襞と小さな唇が群がってくるように押し寄せ、うねりながら吸いつく。腰を引けば纏《まと》わり付いて離れない。逆に奥に奥にと引き込まれそうになる。まるで細胞に絡み付いてくるような――

これが名器なのか。

「うく……っ」

思わず声が漏れてしまった。よすぎる。動かなくても、彼女の中が絞り取るように扱いてくる。

腰をとめて、息を殺しながら様子を窺った彼女は、愛らしくも妖艶《ようえん》だった。

小さく口を開け、完全に蕩《とろ》けた幸せそうな眼差し。紅潮した頬。ピクピクと震えているその身体からは、甘く男を誘う匂いがする。

「あ……」

胸の奥がゾクッとして、なにもなかったはずの処を〝なにか〟が埋めていく不思議な感覚に、無意識のうちに生唾を呑んでいた。

さっき散々吸わせてもらっていた乳首にまた吸いつく。ぷくっと膨らんで立ち上がっていたそれを、尖らせた舌先でおもいっきり嬲《なぶ》った。

「あっ、んんぅ〜」

彼女が頭を置いた枕の端を、引きちぎる勢いで握りしめ、身悶《みもだ》える。

しかも、ここにきて濡れ方が変わった。濃密なとろみで奥まで満たされ、キツかった締まりがほどよくなってくる。そして扱くようにうねってくる。こんな変化、不意打ちだ。感覚に慣れさせてもらえない。

いやらしい脈動を繰り返す名器に対する腹立ちを、無防備な乳房をめちゃくちゃに揉みしだくことでぶつけた。こんなの八つ当たりだ。でもそれだけ気持ちよすぎるのだ。そして、凌久が胸を刺激すればするほど、極上の名器が凌久に絡み付いて離れない。こんな快感は知らない。

ゾクゾク……ゾクゾクッ……

（……イキたい、この女《ひと》の中に出したい……全部出したい……！）

頭の中が欲望一色に塗り替えられていくのと同時に、腰が勝手に動き出す。

パンパンパンパンパンパンパン――

「あっ、あっ、ん、ああっ！　ひぃんっ！　あんっ！」

彼女が悩ましく眉を寄せながら、今にも泣きそうな声を漏らす。蕩けた表情は快感に溺《おぼ》れる女のそれだ。汗ばんだ肌が上気して光って見える。おもいっきり奥を突き上げるたびに、乳房がぷるんと揺れるのが見ているだけでもたまらなくなって、触れずにはいられない。

（気持ちいい、気持ちいい、気持ちいい）

張りのある乳房を貪《むさぼ》りながら、無我夢中で腰を打ち付ける。

過去これほどまで激しく突いたことなんてない。がむしゃらに奥を突き上げられることが、女性にとって悦びとは限らない、むしろよくないこともある。そんなこと、当たり前に知っている。いや、知っていたはずなのに――

とまれない。彼女の奥をめちゃくちゃに突き上げていく。〝したい〟という自分の欲望のままに動いていた。

目が覚める思いだ。苦痛でしかなかった今までのセックスは、セックスじゃなかった。本当のセックスはこんなに気持ちのいいものなのか。

自分が抑えられなくなるほどの快楽。相手を思い遣《や》る余裕がなくなって、男としての本能だけが残る。

男と女が溶け合う交わりがもたらす無我の悦びに、自分から進んで支配されにいく。

遠慮なしに腰を振りたくり、あの無限の襞に張りの先を擦り付けると、彼女が恍惚《こうこつ》の表情を浮かべ、涙を滲《にじ》ませながら啼《な》いて唇を嚙みしめる。

（……キスしたい……）

唇にキスはなしだという約束なのに、キュッと嚙みしめられた赤い唇から目が離せない。

可愛らしい唇。小さくて、ぷるぷるで、柔らかそうで、たまらなく欲しくなる。

キスはしないなんて言われて、どうして頷いてしまったんだろう？　あの可憐《かれん》な唇が欲しいのに。

身体が熱い。太陽を呑み込んだように、内側から煮え滾《たぎ》っている。ガウンを脱ぎ捨て、浮き上がる彼女の細い腰を両手で押さえつけ、技《テクニック》もなにもなく、ただ快感を貪るようにじゅぼじゅぼと出し挿れすると、脊髄が痺《しび》れる感覚に酔う。

「はぁはぁはぁ……ああっ、出る、出る、出る——くぁ……！」

快感に我を忘れて射液を解き放つのと同時に、頭が真っ白になった。初めて女性の身体で感じる幸せに、興奮しすぎて思考がまとまらない。

もっと欲しい。もっとこの女《ひと》が欲しい。

彼女の中からじゅぽっと勢いよく抜いてゴムを外し、新たにゴムをつける。そしてまた彼女の中に押し入って、続け様に奥を突き上げ——

「はぁあんっ！」

驚きに目を見開いた彼女が悲鳴を上げて泣いている。あの涙を拭ってあげたいのに、できない。本能に支配された身体がいうことをきかない。彼女の涙にさえ興奮してしまう。

女性を――人を愛したくてたまらなかったのに上手くできなかった。愛したい気持ちがあっても、身体で愛することを拒絶されてきたから、押し殺すのが当たり前になっていた。そうしていつの間にか、心だけで伝えられるほどの強い感情を持てなくなっていた。

でも、この人は違う。この人は自分のすべてを受け入れてくれる。他の誰もが拒絶した身体で繋がることも、この人は受け入れてくれる。

身体がそう知ってしまったから、今まで行き場を失っていた感情があふれて、全力で彼女に向かう。心臓がドクンと大きな音を立てる。

――あなたは俺を全部受け入れてくれる？

彼女の脚を広げさせ、身体全体を使って組み敷き、打ち付ける速度を増す。逃したくない。この女《ひと》を逃してはいけない気がする。

「……ああ、ううう……はぁはぁはぁ……ああ、――あぁ……」

泣きながら喘《あえ》ぐ彼女の口から、赤い舌が覗く。濡れているせいか艶《なま》めかしい。さっきまで嚙みしめられていた唇は、異様に赤くて綺麗だ。まるで男を誘うために存在しているかのような赤――

「キス……したい……」

望みはいつの間にか口から音になって出ていた。

「……ああ、ううう……はぁはぁはぁ……ああ、――あぁ……」

（きもちいい――あぁ……ほんとにすごい、きもちいい、きもちいい……）

雄々しい張りに身体の奥を突かれながら、葵は声を上げて泣きじゃくっていた。生まれて初めての快感への感動が、涙となって身体からあふれてとまらない。

セックスがこんなに気持ちいいなんて知らなかった。

太い物に身体を内側から広げられる感覚は、初めこそ少し苦しく感じたものの、あっという間に馴染んでしまった。そうしたら残ったのは熱い快感だ。

一度抜いた彼が再び中に入ってきたとき、歓びのあまりにもう蕩けてしまっていた。

まさか続けてしてもらえるとは思っていなかったから。この快感がまだ終わらないことに、ホッとしたし、なにより嬉しかった。

奥処《おくか》をおもいっきり突かれて、揺さぶられた子宮は、なにかに目覚めたようにきゅんっと疼いていく。自分でも怖いくらいに濡れている。彼が出し挿れするたびに、ぐじゅぐじゅという濡れ音がはしたなく響いてしまう。

女として成熟していながらも、何年もずっと中途半端なセックスにさらされ、消化不良だった身体に、突如として、最高の快感が与えられたのだ。心も身体も悦びに打ち震えて、脚を自分から開いて腰まで揺らす。

頭が芯から蕩けて、女としての性の悦びに泣きじゃくりながら、挿れられた男の物を喜んでしゃぶる。気持ちいい以外に考えられないのだ。

「キス……したい……」

（きもちいい、きもちいい、きもちいい――）

「唇に――キスはしない、って話だったけど、していいですか？」

「ふぇ？」

快感に染まった頭は、簡単な言葉さえ理解が覚束《おぼつか》ない。さっきまでフランクに話していた男の言葉遣いが、敬語に変わったことすら葵は気付けていなかった。ただ、蕩けきった身体の中を熱く太い物で絶え間なく擦られ、ぱちゅんっとおもいっきり突かれるたびに、頭が真っ白になって視界に火花が散る。

「キス、したい……です」

涙で朧気《おぼろげ》になった視界に、切なそうな彼の眼差しが入る。

「お願いします。させて、ください」

ズンズンと奥処を集中的に突き上げながらのお願い。こんな気持ちいいことをしてくれる人のお願い。

（……お、ねがい……？）

なにも考えられない葵は、わけもわからずに頷いていた。

「……うん」

喘ぎに似た返事が出た途端、唇に唇が重ねられる。口内に押し入ってきた舌は熱くて、葵の舌を舐めて絡まって、離れない。

両手で頭を掻き抱かれて、逃れることは不可能だ。やまない情熱的なキスに呼吸さえも奪われる。

「んんっ……ぅん……っ」

「はぁはぁはぁはぁ……もっと……キスしたい」

とろとろの唾液を纏った舌が、舌先から触れてきてゾクゾクする。

髪を撫で、頬に触れ、唇を重ね、身体を交え、抱き締め合う。

気持ちいい——口内を這い回る舌と、下肢を突き上げてくる男の物が自分の身体を占拠している。

自分の身体が自分以外の人に——名前も知らない男の人に——満たされていく。それが心までも満たして、快感以上の幸せを葵に感じさせる。

いけないことをしている感覚は既に吹き飛んでいた。背徳感ではなく、あるのは多幸感だ。

見つめ合ったまま、ギュッと強く抱き締められて、男の人に抱かれる幸せを肌で噛みし

める。

ずっとこうされたかった。繋がって抱き締められたかった。

憧れ、切望していたものが今ここにあるのだ。

この人は望んでいたものをくれる。満たしてくれる唯一の人——

（あ——……）

お腹の奥が急激に疼いて、痙攣《けいれん》に似た蠕動《ぜんどう》を繰り返し、身体の中にいる彼を締め付ける。でも彼の動きはとまらなかった。

抱き締めてキスしたまま乳房を揉みしだき、葵を奥の奥まで真っ直ぐに貫く。汗ばんだ肌が重なってくるのに、嫌悪感もない。むしろこの人が本気で抱いてくれているようで、胸が昂ぶる。

「〜〜〜っ‼」

鮮烈で甘やかな痺れが頭からつま先まで一気に駆け抜け、その衝撃に仰《の》け反る。

葵は彼の腕の中でガクガクと震えながら、決して抗えない絶頂を受け入れさせられていた。わななく葵を抱き込んでいる彼は、葵の自由を奪い、唇を奪い、張り出した雁首で肉襞を掻き分け、気持ちいい処を引っ掻き回してくる。

息もできないくらいに激しく出し挿れし、鋭《するど》く腰を叩きつけ、猛りきった屹立《きつりつ》で子宮口を突き刺す荒々しい行為は、まるで獣《けもの》の交尾だ。

（きもちいい、きもちいい、きもちよすぎておかしくなる……あぁ～おく、おくすごい……あぁあああ――もうだめ……だめ……いくぅ……………あぁああああ）

泣いても喚《わめ》いても気持ちよさが追いかけてきて、身体の中を駆け巡り、おもいっきり暴れている。高められた身体を、更に快感で責め立てられるのだ。こういうのが欲しかったと、身体が震える。

「うっ、出る！」

唇を離した彼が、跳ねる葵の腰を両手で押さえつけ濃厚な射液を放つ。その支配的な行為にさえ、葵の中の女は惚《ほ》れ惚《ぼ》れしていた。

（すごい……すてき……どうしよう、こんなの……すき……）

口の端から垂れるふたりぶんの唾液を拭うことさえしない。意識が自身の中でビクンビクンと吐精している彼に集中しているのだ。額に汗を浮かべ、眉間を寄せる彼を見つめて、胸の高鳴りを抑えきれずに腰をくねらせる。

「ああん……ふ、んんっ」

「だめ。逃がさない」

掠《かす》れた声と共に向けられた、飢《う》えた眼差しにドキリとする。気怠げだった彼の目が、今は熱に浮かされたように熱い。吐精しながら腰を打ち付けられて、葵は「んんっ」と声を漏らした。

この身体に白旗をあげた他の男共とこの人は違う。この人は葵を女にしてくれる。女として屈伏させてくれる力強さに、どうしようもなく惹《ひ》かれてしまう。自分より強い雄《おす》を望むのは雌《めす》の本能だ。この人の女になりたいと、蕩けた本能が訴えかける。交尾で排卵を促されてしまった雌猫のように、ぐずぐずに蕩けて甘えて啼いてしまう。

じゅぼっと彼がその漲りを引き抜く。解放されても身体に快感が染みついて離れない。蜜口がヒクついて、身体中がざわついて痙攣する。

(ああ……まだきもちいい――)

「え……？　ひゃあんっ⁉」

葵は咄嗟《とっさ》に声を上げた。

ぐじゅっ！　っといやらしすぎる音を立てて、また彼が葵の中に押し入ってきたのだ。入り口から奥まで、太くて硬い熱に一気に貫かれ、葵の身体は嬌声《きょうせい》を上げながら昇り詰めていく。

再び貫かれた処から愛液があふれ、抽送を浴びせられるたびに弾けるように迸《ほとばし》っていくのだ。強すぎる快感に翻弄《ほんろう》された身体は、悦びに震えながらびしょびしょに濡れていく。

「ひ――――」

これ以上声は続かなかった。彼が濃密なキスで葵の唇を塞《ふさ》いだのだ。葵の太腿の裏を押さえつけながらぐいっと脚を開かせ、三度目を無理やりはじめてくる。葵に拒否権なんてない。ぐちょぐちょになったはしたない雌穴に、雄の欲望の塊が根元まで叩きつけられる。

「～～～っ！」

口内に唾液が流し込まれ、奥ばかりを執拗《しつよう》に突かれて苦しいはずなのに、身体は本能的に強い雄を歓迎して自ら腰を振ってしまう。

奥をもっと突かれたい。もっとめちゃくちゃにされたい。もうどうなってもいいから、ゴムなんか外して、この人の射液を中にいっぱい注がれたい。この人にならーー
（ああっ！　いくいくいくいくいくいくいくいく！　いくっ！　またいっちゃうっ！）

瞬時に絶頂を迎えた葵は、強制的にもたらされる快感に意識を飛ばした。

◆

◇

◆

「う……ん……？」

ぼんやりと目を開ける。焦点の合わない視界に見慣れないドアと調度品が入る。

（ホテル……私、寝て、ああ……）

確かにホテルで寝た。で、その記憶は、昨日のこと？　今日のこと？　はっきりさせるのを後回しにして、また目を閉じる。

身体が怠い。でも不快な怠さではなかった。

（あったか……）

小さく息を吐《は》くと、ギシッとベッドが軋《きし》んで背後から頭を撫《な》でられた。

「起きた？」

「ひゃっ！」

驚いて跳ね起きる。裸だ。そのことにまた驚いて、身体にかかっていたシーツを胸に引き上げる。そして隣を見ると、ジーンズに上半身裸という格好の男の人が、瞳を不安そうに揺らしていた。

「あ、私……」

頭の中にブワッと記憶が流れ込んできて、自分が誘ったこの人と寝たことを思い出した瞬間——

「すいませんでした！」

ガバッとベッドの上で土下座をした彼に目を丸くする。どういうことか意味がわからない。この人に謝られることなんてなにもないのに。

「え、ちょ、ちょっと、やめてください！　なんで土下座なんて！　頭上げて！」

「いや！　謝らせてください！　お、俺、何回もしてしまって……」

確かに彼は一度では終わらなかった。三度目がはじまったところまでは覚えている。

（あ、あんなに……）

何度も挿れられたことを思い出して顔が熱くなる。

「そ、そんな、私が誘ったんじゃないですか……だから謝らないで……」

身体が怠くても、どこかスッキリしているのを認めなくてはならない。溜まりに溜まった欲求不満が解消されたせいだろう。それもこれも彼が何度も抱いてくれたから。一度ではこんなに満足できなかったはずだ。

「でも俺……回も……して……」

「え？　何回ですって？」

「ろ、六回……」

目を逸らしてごにょごにょと回数を言い淀む彼に、「ひぃっ！」っと小さく悲鳴を上げてしまった。

（六回⁉︎　今、六回って言った？）

気を失っている間に挿れられていたという事実よりも、そんなに何回もするものなのか？　という驚きのほうが先にきてしまった。

一回にも満たない暴発セックスしか知らない葵には、未知の領域だ。

「ちゃんと避妊はしたので、その点は安心してください。というか、ゴムを使い切ったからやめたんですけど……。とまれなくて……」

「お、おう……」

つまり、買ったコンドームが六個入りだったから六回で終わったのであって、もしも十二個入りだったらどうなっていたのか……

ああ、でも、行為の最中に、彼に中出しされたいだなんて思ってしまったのは内緒だ。あれはたぶん、女としてのいけない本能みたいなものだから。本当にされたら青ざめるなんてもんじゃない。

「本当に申し訳なく……」

しょぼんと肩を落としている彼がどこか可愛《かわい》く思えて、葵はクスッと笑った。

「大丈夫ですよ。ルールは守ってくれたんだし」

「でも、それだけじゃなくて……その……気持ちが昂ぶって、キスマークもたくさん付けてしまって……」

指差された胸元に目をやると、乳房に三つキスマークが残っている。それを見ても、不思議といやな気持ちにはならなかった。

「大丈夫。私……本当に気持ちよかったんです。ありがとうございます」

ベッドに手を突く彼の手に、自分のそれを重ねると、彼はハッとしたように顔を上げた。

「あ」

ようやく目が合った。栗色の綺麗な瞳からは、儚く気怠げな色が消えていて、奥からキラキラと輝いている。

「お礼を言うのは俺のほうです。本当にありがとうございます。俺、こんなに気持ちよかったの、初めてです。俺、女の人の中でイケたんだって……感動して」

彼は葵の手を握り返すと、ぽつぽつと自分のことを話しはじめた。

「俺、本気でセックスが嫌いだったんです。気持ちよくないし。まったくイケないし。長くすれば、相手の子を痛がらせてしまうし。無理に続けても可哀想《かわいそう》なだけで、傷付けるんじゃないかと余計に萎《な》えるし。だからセックス自体するのがいやになってしまって。そしたら俺が抱かないのが不満だって、浮気されて別れるっていうのが毎回で……」

「身体の関係なしで尽くしても意味ないんですね」と嗤《わら》う彼を見ていると、カフェで見た彼の涙の意味がわかって、胸が締め付けられる。

この人は別れた彼女のことを大切にしていたんだろう。傷付けたくなくて、それでも精一杯愛していたんだろう。なのに裏切られて――

同じ女として、抱いてもらえない寂しさや不満もわかるけれど、なら先に別れるべきだ。彼を裏切って傷付けるやり方は違う。

ホテルに置き去りにされて捨てられてきた自分と、彼の姿が重なった気がした。

「あなたは全然違いました。〝持たない〟って思ったのなんか本当に初めてで、気持ちよくて……。なんか、変な言い方なんだけど、自分が普通になれた感じがしたんです」

――普通になれた。

その言葉の意味を誰よりも深く理解できるのは自分だと思った。

彼に抱かれている間、葵は男を即イキさせる名器ではなく、普通の女になれた。

「私も……すごく気持ちよかったです。奥まで来てもらったの、初めてで……みんなすぐイッちゃうから……。本当のえっちを初めてしてもらった気がして……」

「俺も！　俺もです！」

そう言いながら彼は、握っていた葵の手を大きく上下に振って、屈託ない笑みを滲ませた。

「お互いに〝初めて〟の相手になりましたね！」

「！」

不覚にもドキッと胸が高鳴って顔が火照《ほて》る。

（うっ！　か、かっこいい！）

ただでさえ好みの顔なのに、こんなに無防備な笑みを向けられては心臓がスピードを増すばかりだ。彼の低かった声のトーンが、笑ったときに明るくなったことさえ、〝いい〟と思ってしまった。

そんな葵を彼は微笑《ほほえ》んだままジッと見つめてくる。どこか熱を帯びた目で。手は握ったまま。心なしか、だんだんと顔が近付いてきているような――？

「シャ、シャワー浴びてきます！」

咄嗟に叫《さけ》ぶように言うと、彼はピタリととまって葵の手を離してきた。

「ゆっくりどうぞ。俺はもう入ったから」

「じゃあ……」と断って、葵はガウンを羽織ってバスルームに入った。ひとりになると、ちょっとホッとする。

（さっき、キスされるかと思った）

近付いてきた彼の整った顔を思い出して、ドキドキしてしまう。

（し、してるときはともかく、素面《しらふ》でキスできないよぉ。付き合ってもないのに……）

妙な線引きだと自分でも思うが、キスすると心が揺れる。肌に触れられるよりもドキドキしてしまうのだ。しかも気持ちいいキスだったらなおさら。

散々キスされた唇にそっと触れる。唇にキスはしないと言ったのに、キスしてしまった。

『キス、したい……です』

そう言った彼の切実な声を覚えている。

絶え間なく絡まる舌、熱に浮かされた吐息……激しいのに、どこか繊細で抗《あらが》えない熱いキス。まるで恋人にするみたいなキスだった。

身体の中で深く繋がっているような感覚。愛し合っているような錯覚――

気持ちいい最高のセックスを、あのキスが完璧なものにしてしまった。

（……好きになっちゃったらどうするの……）

ふと、備え付けの鏡を見ると、とろんとした眼差しの自分が視界に入る。同時に、首筋と鎖骨に散った赤い跡も。

「〜〜〜っ！」

声にならない悲鳴を上げながら自分の身体を確認すると、さっきはシーツで隠れていたお腹にも腰にも、太腿の内側にまで無数にキスマークが付けられているではないか！　乳房だけじゃなかったのか！　もしかして、自分では見えない背中なんかも？

『気持ちが昂ぶって、キスマークもたくさん付けてしまって……』

「いや、付けすぎでしょ……」

今更ながらに突っ込んだが、申し訳なさそうな彼の姿が思い出されて、怒る気も失せる。いや、怒る気なんてハナからないのかもしれない。胸だけが異様にドキドキしている。

この跡は、彼が夢中になってこの身体を抱いた証しで、気持ちよかったのは自分だけじゃなかったんだと信じることができるから。

シャワーを浴びて、ガウンのままベッドルームに戻った葵は、軽く目を見開いて立ち止まった。ベッドに背を向ける形で置かれていた小さなふたりがけ用ソファとローテーブル。そのローテーブルの上が、料理の皿でいっぱいになっていたからだ。

「あ、おかえり。結構時間経ったし、お腹すいてるんじゃないかと思って。ルームサービス取ってみたんだけど、よかったら食べませんか？」

食器やドリンクのペットボトルの位置を調節しながら彼が言う。そういえばお腹がすいているような……

葵の肌感覚では、カフェでクロワッサンサンドを食べてホテルに入ってから、そう時間は経っていないつもりなのだけど、お腹の虫はもう夕飯時だと言っている。

（六回もしてたらね……そりゃあね……）

しかも事が終わってから、彼はシャワーも浴びていたようだし、葵が眠っている間にかなり時間が経っているんだろう。

「……あ、もしかして食べない？」

立ち尽くす葵を振り返った彼が、露骨に肩を落としたから、葵は慌てて側に寄った。

「あ、いえ、そういうわけじゃなくて……ううん、いただきます。量に驚いただけ」

明太子パスタ、デミソースがかかったふわとろオムライス、シーザーサラダ、マルゲリータ、サンドイッチ、そしてなぜかある、ざるうどん——手当たり次第注文したという印象だ。

「なんでも好きなのを食べて」

彼はソファに座って、ニコニコと葵に食事を勧めてくれた。

「じゃあ、これを」

とりあえず、シーザーサラダと明太子パスタを選んだ。サラダは美容のためにも外せないから。

「おいしい」

パスタをひと口食べてみると、思ったよりおいしくて正直、少し驚いた。たぶん、普通の冷凍食品なんだろうけれど。空腹は最高のスパイスなのかもしれない。

「よかった。本当はもっといいレストランに連れていきたかったんだけど、誘っていいのかわからなくて――」

彼は一度視線を下げたが、やがておもいきったように、身体ごと葵に向き直った。

「あの！　また会いたいって言ったら、会ってくれますか⁉」

「！」

驚いて、反射的に目を見開く。そうして視界に入ってきたのは、どこか必死な様子の彼だ。色白だった頬がほんのりと――いや、頬だけでなく耳まで赤い。そんな彼に釣《つ》られてしまったのか、なんだか葵まで顔が熱くなってくるではないか。

子供じゃないんだ。〝会いたい〟が〝抱きたい〟の歪曲《わいきょく》表現だということくらいわかる。一度（六回だけど）ベッドを共にした相手ともう一度会いたい理由なんて、そうそうあるものじゃない。

また会ったら——またこの人に抱かれる……でもそれを、望んでいる自分がいる。

羞恥心《しゅうちしん》も欲望も本能も暴かれ、丸裸にされて貫かれ、身体の一番奥まで征服されて、女としてひたすらに求められた。目の前のこの人だけが、葵の一番奥に触れてくれたのだ。普通の女にしてくれた。

彼からしか貰えない、あの歓び。快感。満足感。

甘い果実の味は、知ってしまったが最後、もう一度と求めてしまう。

(でも、そんなこと——)

ゆきずりの関係はよくないのだと、正しい判断をしなくてはと思う一方で、フツウの人とフツウの関係が築けない者同士、お互いを満たせるのは自分たちだけじゃないかと、女の自分から誘った事実は消えないんだからと、開き直ろうとする自分もいる。

それに、ここで断ってしまったらこの人との接点は二度とないだろう。なにせお互いに名前すら知らないのだから。

この人ともう会えなくてもいいのか？　この人は、会いたいと言ってくれている。

(私だって——)

——会いたい。

食器を置いて、黙って頷く。すると、次の瞬間にはガバッと抱き付いてきた彼の腕の中に囲われていた。

「ありがとう！」

「！」

素直な歓喜は、彼から眩《まぶ》しいくらいの笑顔を引き出して、葵の目を釘《くぎ》付けにする。

自分の返事をこんなに喜んでもらえるなんて思わなかった。広くて硬い胸から力強くて速い鼓動が伝わってきて、同時に葵の胸も高鳴っていく。

（なんか、ドキドキする……）

彼は葵を離すと、自分のスマートフォンを出した。

「連絡先を交換しましょう──その前に、名前！　ああ……名刺ないや」

「しまったな」なんて言いながら、彼はまたあの屈託ない笑顔を向けてきた。

「俺は相馬凌久といいます。名刺は今度持ってきますね。凌久って呼んでください」

「わ、私は葵です。間宮葵」

「葵さん」

自己紹介してすぐに下の名前で呼ばれて、なんだかくすぐったい。距離をぐいぐいと縮められている気がしないでもないが、それをいやとは思わないくらいには、彼はもう葵の中に根を張っていた。

「葵さん……あなたと会えてよかった」

そう言って笑った凌久の目は本当に嬉しそうで、嘘を言っているようには見えなかった。

◆　◇　◆

帰宅した葵は、シャワーを浴びてゴロンとベッドに横になった。

初めて味わった身体が満たされる感じが、その気はなくても彼とのセックスを思い起こさせる。

彼——相馬凌久。今日、出会ったばかりの人。

葵を初めて感じさせてくれた人。初めて女としての幸せを味わわせてくれた人。彼と過ごした時間は、とても幸せだった。

「……本当に気持ちよかった……」

自分でも想像以上によくて、正直驚いている。これが相性というやつなのか。

独り言《ご》ちて目を閉じ、彼とキスした唇に思わず触れる。

凌久はホテルで頼んだ食事——葵が選ばなかったものすべて食べてから、駅まで送ってくれた。改札を潜《くぐ》って少し歩いてから振り返ってみると、まだ彼はそこにいて、目が合うなり大きく手を振ったのだ。そのときの彼の笑顔が本当に嬉しそうで、葵の胸を未だにくすぐっている。

（凌久さん。すごく……優しい人だった……）

――ブー、ブー、ブー、ブー……

突然鳴ったスマートフォンのバイブに目を開ける。スマートフォンを鞄から取り出してみると、待ち受け画面に表示されているのは、今日連絡先を交換した相馬凌久の名前。

『葵さんは無事に家に着きましたか?』

メッセージアプリが伝えてくれる凌久の言葉は、葵の身を案じるものだった。

ベッドを共にした男の人から、こういう気遣いのメッセージを貰ったのは初めてで、葵は思わず頰を緩めた。やっぱり彼は優しい人だった。

付き合ってもいない人がくれる、彼氏よりも彼氏らしいメッセージ。ずっと、こういう何気ない気遣いをされたかった。優しくされたかったのだ。それが叶った今、じわっと胸が熱くなる。

『はい。もう着きました。凌久さんは?』

返事を送ってみると、瞬時に既読が付いて、そう間を開けずに返事が届く。

『俺はまだ電車です』

凌久は葵より遠いところに住んでいるらしい。気を付けて帰って――そう送ろうと文字を入力している途中で、また彼からメッセージが来た。

『今日はありがとう。とても幸せな時間でした』

(私と同じことを……思ってくれたんだ……)

そのことがなんだか嬉しくて、途中まで入力していた文字を消して、別の文章を送る。

『私もです。とても幸せでした。ありがとうございました』

すると、まるで葵からの返信を待っていたかのように既読が付いて、また彼からのメッセージが届く。あまりにも返信が早すぎて、まるでチャットだ。

『また会いたいです。次、いつ会えますか？　俺は葵さんの都合に合わせます』

（誘ってくれるの嬉しい。次か……いつがいいかなぁ）

葵の休みは不規則だ。撮影現場に出向いてメイクするから、場所も時間もまちまち。現場のかけ持ちもある。繁忙期には休みなしだったりするが、三～四時間で仕事が終わるときだってあるし、年間ではバランスが取れているんだろう。幸い、今はあまり忙しくはない。

（忙しくないけど、丸一日の休みってなると結構先……来週なら夕方に上がれる現場があるなぁ）

スケジュールアプリを開いて、仕事の予定を確認していると、またメッセージが来た。

『あの、そういう意味じゃなくて！　食事だけでもいいんです。本当です！　葵さんのことがもっと知りたいんです。俺のことも知ってほしいし』

「ええ～？　ふふ、なんか焦ってる？　可愛い」

追加のメッセージに顔がニヤけてくる。凌久の焦りが伝わってくるだけに余計に。

ホテルで食事をしながら、頬も耳も赤くして、『また会いたいって言ったら、会ってくれますか⁉』と言った湊久。このメッセージを送っている彼が、あのときと同じ必死な顔をしている気がして、ニヤニヤがとまらない。

（そういう意味じゃないって、どういう意味なのかなぁ～？　本当に食事だけ？）

『会いたい』と縋られる感じが心地いい。気遣われるのが嬉しい。自分に夢中になってくれる彼を可愛いと思う自分がいる。まるで恋愛の駆け引きのような雰囲気に、自分の中の女がときめいて、寝返りを打ちながらジタバタしてしまう。

（メイクの神様！　私、仕事も頑張るので！　もう少し……可能性を信じてもいいですか？）

◆　◇　◆

『また会いたいです。次、いつ会えますか？　俺は葵さんの都合に合わせます』

葵に送ったメッセージを読み返してから、湊久は「しまった」と内心焦った。次の約束を取り付けたい一心だったが、この文章はどう読んでもまずい。

（こんなメッセ送って、身体目当てだと思われるんじゃ？　――いや、え？　えーっ？　いや、うわああ、違うんです！）

慌てて追加のメッセージを送る。

焦る。彼女に誤解されたくないし、嫌われたくない。このメッセージは命綱だ。

『あの、そういう意味じゃなくて！　食事だけでもいいんです。本当です！　葵さんのことがもっと知りたいんです。俺のことも知ってほしいし』

嘘じゃない。会ってもらえるならそれだけで万々歳だ。

なぜなら、会ってそのときに寝るだけじゃ、もう満足できないから。彼女自身が欲しい。そして……彼女に相馬凌久という男を求めてほしい。

彼女を抱いているときに感じた幸せを、これで終わりにしたくない。この人といれば、幸せになれる気がする。彼女との関係を〝身体の相性がいい〟なんて、雑なひと言で片付けたくないのだ。

確かに普通とは順番が違ったかもしれない。それでもこの出会いは運命だ。

自分は運命の女性に出会ったのだ。彼女もそう思ってくれたらいいのだが……

それにしてもまずいメッセージを送ってしまった。

（葵さん……返事くれるかな？　既読は付いてるけど……）

返信を待ちながら、アプリに表示された彼女の名前をそっと親指でなぞる。駅まで送ったとき、改札で少しだけ振り返って会釈し、二度目は振り返らなかった彼女を思い出す。あっさりとした……とてもクールな別れ際。もっと一緒にいたかったのは自分だけなのか？　あまり考えたくはないが、彼女はこういう関係に慣れているんだろうか……？

この手に抱いた彼女のぬくもりが忘れられない。声が耳から離れない。キスしたときに感じた胸の高鳴りは、紛れもなく本物だった。

（ここで『好きです』ってメッセ送ったら嘘くさいよな？　余計に身体目当てだと思われそうだ。やっぱり何回かデートしてからじゃないと……でも会ってもらえるか？　あああああああ——もっとマシなメッセ送ればよかった。取り消したい。既読付いてるし、今更無理なのわかってるけど）

電車のロングシートに背中を預け、胃が痛くなるような緊張の中で待っていると、葵から返事が来た。思わず前のめりになって、両手で持ったスマートフォンの画面を食い入るように見つめてしまう。

『来週木曜日の夕方はどうですか？』

（よし！）

スマートフォンを持ったまま小さくガッツポーズした凌久を、向かいの座席の人が不審な面持ちで見ている。そんな周りの視線にも気付かないくらいに夢中になって、凌久は葵にメッセージを送っていた。

第二章

『葵《あおい》さんの昼ご飯おいしそうですね。いいな。俺はランチミーティングに拉致られました。昼くらい仕事から離れてゆっくり食べたいのに……。夜に葵さんと会えるのを励みに午後も頑張ります』

撮影スタジオの楽屋で、持ち込みしたランチを食べ終わった葵は、両手で抱えたスマートフォンに向かって思わず笑みをこぼしていた。はたから見れば、壁に向かって笑っているヤバイ奴だったかもしれないが……部屋に誰もいないのをいいことに、ニヤニヤがとまらない。

メッセージの主は相馬《そうま》凌久《りく》。葵がナンパ同然に声をかけた彼だ。

凌久とは毎日メッセージのやり取りをしている。『おはよう』にはじまり、『おやすみ』まで、それこそ四六時中。電話で話すこともあるけれど、そっちは少ない。お互いに仕事があるし、特に葵のほうが時間に不規則だから、電話よりもメッセージのほうが確実なのだ。今も葵が昼休みに送っていた写真付きのランチ報告に、彼が返信してくれた形だ。

（……私と会うのが励み……）

どうしてだろう、ただ文字を追っているだけなのに、ドキンと胸が跳ねる。

「おはようございまーす！　ごめんなさーい！　前の現場が押しちゃって！」

背後から響いた元気いっぱいの声にビクッと小さく飛び上がって振り返れば、絶世の美女が素朴なマネージャーと共に楽屋に入ってくるところだった。

美女は女性タレントのアレクサンドラ・ニーナ。ニーナはカナダと日本のミックスで、その抜群のスタイルを活かして、若手モデルとして活動中だ。まだ十九歳の彼女だが、同世代からの支持は絶大。最近は帰国子女タレントとしてバラエティにも抜擢《ばってき》されはじめ、露出も増えてきた。彼女がモデルデビューした当時に、葵がヘアメイクを担当したことが縁で、今でも指名が入る。継続指名してもらえるのはありがたいことだ。しかもニーナの紹介で、彼女の後輩たちのヘアメイクを担当することも多い。今日は若干遅刻ぎみだが、普段はそんなこともないとてもいい子だ。

「ニーナちゃん、おはようございます〜。早速メイクに入りましょうか」

「はーい！　よろしくお願いしまーす」

鏡の前に座ったニーナにケープをかけて、前の現場仕様だったメイクを落とし、新たなメイクを施していく。

今日はテレビ雑誌の紙面撮影。ニーナが表紙を飾り、彼女が出演するバラエティ番組の特集が組まれる予定だ。今回の撮影の主役はニーナなだけに、彼女も気合が入っているようだ。もちろん、葵も気合充分！　なにせ今回はヘアメイクだけでなく、コーディネートも葵の担当。頭の先からつま先までトータルで任せてもらえるなんて、スタイリストとして実に名誉なことだ。撮影スタッフや、広告主、ニーナ、ニーナの所属事務所、そして師匠であるキタホリシエリからの信頼を感じて、身が引き締まる思いだ。

「――でね、にゃん吉《きち》ちゃんに新しい猫ちぐらを買ってみたんです。でも、全然入ってくれなくて、猫ちぐらが梱包されてた段ボールに入ってて。ほら！」

ニーナがスマートフォンを見せてくる。画面に映っているのは、彼女が最近飼いはじめたという白い子猫が、段ボールに入って満足そうに丸くなって寝ている姿だ。

「やだ、可愛《かわい》い～！　お家に帰ったらこの子がいるの？　いいなぁ～」

葵が素直な感想を述べると、ニーナの顔がふにゃふにゃになる。完全に猫奴隷《あいねこか》の顔だ。

本番前のタレントは非常に緊張している子たちも多い。ヘアメイクしながらのこういった雑談は、緊張をほぐすためにも重要だ。気安い話し相手としても、美容の相談相手としてもヘアメイク担当は重宝されている。

「でしょぉ？　にゃん吉ちゃんは天使なんです。なにしても可愛いの。にゃん吉ちゃんをお迎えしてからほんと幸せで！　にゃん吉ちゃんのためにもお仕事頑張らないと！」

「うん、うん。一緒に頑張ろうね。今回の撮影小物にはフレッシュレモンが入ってて……

服はこんな感じで、グリーンベースのワンピースなんだけど——ところでニーナちゃん、髪型の希望とかってあるかな？」

今回の撮影は小物以外に強い指定がない。こういう撮影の場合は、可能な限り本人の希望に寄り添っていくというのが葵の信条だ。なりたい自分になれば、気持ちも強く、テンションも高く、撮影に挑むことができるはずだから。

「あ、じゃあ！　今日の葵さんと同じ髪型がいいな！」

「えっ、私と同じ？」

鏡越しのニーナにキラキラした目で見つめられて、葵はキョトンと瞬《まばた》きした。

「うんっ！　めちゃ可愛い！　映《は》えるよね！　撮影にもバッチリ！」

弾《はじ》けた口調で言われ、じわっと顔が熱くなった。

今日の葵の髪型はハーフアップからの編み下ろし。三本に分けた編み込みを更に編んだ上に、少しずつ髪を引き出してふわっとさせているという、華やかで可愛いぶん、結構手がかかる仕様だ。だって今夜は——

（凌久さんと会うからって、気合入れすぎちゃったかな……なんか恥ずかしい……）

顔が熱くなったのは、褒《ほ》められたからではなく、今夜の予定を見破られた気がしたから。心なしか少し声も上擦《うわず》ってしまう。

「そ、そう？　嬉《うれ》しい。ニーナちゃんの髪の長さがあれば充分できる髪型だから大丈夫！」

「やったー！　じゃあ、お願いします！」

ペコッと頭を下げてくるニーナに、「こちらこそよろしくお願いします」と葵も挨拶《あいさつ》して、髪のセットをはじめる。

楽屋の壁時計にチラッと目をやれば十五時過ぎ。この撮影の終了予定時間は十七時だ。そして凌久との待ち合わせ時間は十八時。

（あと三時間……）

そうしたら……会える。彼は食事だけでもいいと言っていたけれど、本当に？

顔の火照《ほて》りはいつの間にか、身体全体に広がっていた。


仕事を終えた葵は、凌久との待ち合わせの駅に向かった。途中、ショッピングモールの化粧室に寄って、髪を解いてただのハーフアップにしたのは内緒だ。男に会うのに、撮影にも使えるような気合が入った髪型なんて、やり過ぎかもしれないと思ったから……

――ブー、ブー、ブー、ブー……

手の中で揺れるスマートフォンを見ると、新着メッセージの到来を告げている。

（もう着いたのかな？）

タイミング的に凌久だろうと当たりを付けて、メッセージを開く。

『すみません。会社を出る寸前になって、仕事を振られたので三、四十分ほど遅れます。どこかで時間を潰しておいてもらえますか？　本当にすみません！』

確かに凌久からのメッセージだったが、内容は真逆だ。正直がっかりしてないとは言えないが、文末の涙目の絵文字が可愛いから、それに免じて許してあげよう。

（三、四十分……か）

中途半端な時間だ。カフェに入ってSNSを眺《なが》めていればあっという間かもしれないが、それもなんだか時間がもったいない。

（そうだ、デパコス見に行こうっと）
三、四十分なら移動の時間を含めても、買い物するのにちょうどいい。この際だ、仕事道具の入ったスーツケースはコインロッカーに預けてしまおうか。
スーツケースを預けると、葵は早速デパートのコスメ売り場へと移動した。

デパコスかプチプラかなんてのは、永遠のテーマかもしれないが、葵は肌に合えばなんでもいいだろうと思っている。オリジナルコスメに憧れていろいろ調べてみたときに、プチプラでも結構いい成分が入っていることがあると知ったからだ。

今回気になっているリップは、仕事のためにというよりは、個人的に好きなブランドなので普段使い用に欲しい。このブランドは色味も発色もいいが、なによりケースがスマートな香水瓶のようで、とても可愛いのだ。この間新品のリップを下ろしたばかりだろうって？　そんなことは問題ない。リップはいくつあってもいいのだ。コスメは見た目だけでなく、心も華やかにしてくれる存在だと思う。可愛い自分であるために……自分に自信を持つための魔法のアイテムなのだから。

売り場に来た葵は、顔馴《な》染《じ》みの美容部員に目的のリップを出してもらった。カラー展開は全部で十二色。

（これから暑くなるし、選ぶなら明るめオレンジかな。だからって彩度上げすぎると肌馴染みが悪いし、いい感じにまとめるには何番を……）

「最近追加された日本限定カラーもあるんですけれど、ご覧になります？」

いろいろと職業病的に考えていたのが美容部員が発した〝限定カラー〟のひと言で吹っ飛ぶ。

「限定カラー⁉」

「そうなんですよぉ～。しかもこれだけ、ちょっとケースのデザインが違うんです。保湿成分が配合されているので、唇が乾燥しにくくて、発色も長持ちしますよ」

見せてもらうと、確かに限定カラーのケースだけラメ配色になっている。こんなのずるい。乙女心をくすぐられる！　肝心のリップカラーはモーブピンク。こちらも夏向きのいい色だ。このリップを使ったときの他のコスメとの組み合わせが、頭の中にオートでずらっと浮かんでくる。

仕事で使うなら必要経費なので迷わず両方買うが、これは個人用……つまりは自腹だ。確かにリップはいくつあってもいいのだが、財布の中身は有限。

「悩むっ！」

最初に考えていた明るめオレンジか、限定カラーのモーブピンクか。モーブピンクはケースも可愛い……いや、ケースに惑わされず初志貫徹、明るめオレンジを……でもぶっちゃけて言うと、両方手持ちにあるカラー……だが、コレを言っちゃあおしまいよ。

二択で葵が揺れていると、スマートフォンが着信を告げた。

「もしもし……」

『葵さん、お待たせしました！　今、向かってる途中なんですけど、どの辺にいますか？どこか店に入ってる？』

凌久だった。チラッと時計を見ると、最初の待ち合わせ時間から二十分くらい過ぎたところ。急いでくれたようだ。

「今、デパートのコスメ売り場に来てて」

葵が場所を告げると、『了解！　そっちに行きます！』と、電話が切れた。

「知り合いが来たからまた今度。それまで、どっちにするか迷っておこうかな」

美容部員に挨拶して売り場を出ると、ちょうど凌久が小走りでやって来た。

「待たせてごめんね、葵さん！」

そう言ってふわっと柔らかく微笑《ほほえ》んだ彼は、黒に近い濃紺のスーツに淡いブルーシャツ。シックなタイを合わせていて、いかにもできるサラリーマンの出で立ちだ。亜麻《あま》色の髪はなにも付けていないのか今日もラフ。それでも顔立ちが整っているせいもあるが、彼自身が放つオーラが目を引くのだ。

（仕事帰りもかっこいい……）

正直に言って惚《ほ》れ惚《ぼ》れする。最初に会ったときのシャツにジーンズという格好もよかったが、スーツ姿はまた格別のよさがある。男の戦闘服は、彼の淡く儚《はかな》げな雰囲気《ふんいき》を打ち消して、凛々《りり》しく洗練された印象を強く抱かせるのだ。

仕事柄、芸能人やタレント、アイドルと接する機会が多い葵だ。イケメンは見慣れているはずなのに、彼には目を奪われると言ってもいいほどに惹《ひ》きつけられる。見ているだけで、ドキドキしてしまう。

カフェで初めて会ったときに、確かに「顔がいい」と思ったが、あのときあった儚さは、彼の本質ではなかったんだろう。いきいきとした目が、くるくると変わる豊かな表情が、彼をより魅力的にする。

「どうかした？」

あんまり見つめていたせいか、凌久がキョトンと首を傾《かし》げる。葵は慌てて取り繕った。

「うぅん、なんでもない、です」

「そう？　なにを見てたの？　なにか欲しい物でもあった？」

売り場を見ながら凌久が聞いてくるから、葵は取り繕うついでに頷《うなず》いた。

「リップを少し。オレンジ系を買おうと思って来たんだけど、目を付けてなかった限定カラーもよくて迷っちゃって。まぁ、また今度でいいかなって」

（コスメには興味ないだろうし、早く売り場を離れたほうがいいかな）

葵はそう思ったのだが、意外にも凌久は話に食いついてきた。

「へぇ、ちなみにどれ？」

「ん？　えーっと、これ……」

限定カラーのリップ見本を指差すと、彼が「試した？」と聞いてくるから、葵は首を横に振った。

「すみません。彼女にこの色を試してもらっていいですか？」

「えっ」

突然、美容部員を呼びとめた凌久に驚いてしまう。そんな葵に、彼の少し照れた笑みが向けられた。

「俺が見てみたいな、なんて。駄目、かな？」

こてんと首を傾げながらこちらを窺《うかが》う仕草《しぐさ》があざといようでいて、それでも絵になるから困る。自分の顔がいいのを自覚してやってるならたちが悪い。でも可愛くてかっこいい。

ニヤニヤと笑っている顔馴染みの美容部員と目が合って、なんだかいたたまれない思いを感じつつも、葵はカウンターに座った。

「知り合い、ね」

「……知り合い、です」

「まだ、知り合いってやつぅ？」

「………………」

「やるぅ～。彼イケメンじゃ～ん」

野次馬にランクアップした顔馴染みの美容部員と、ヒソヒソ声での攻防を繰り広げながら、テスターチップでリップを塗ってもらう。

丸い鏡を覗《のぞ》けば、唇が滑らかに整っているのが一目瞭然だ。唇の縦じわの存在を忘れてしまうほどのぷるぷるしたツヤ感。落ち着いた発色の中にバランスよく配合されたラメがいい仕事をしている。これは買い、だ。

「あ、可愛い」

そう言った声は葵のものではない。後ろにいた凌久だ。彼は葵のすぐ横に来ると、顔を寄せて同じ鏡を覗き込んできた。

「俺はすごく似合ってると思うけれど、葵さんは嫌い？」

「嫌いじゃ、ない、よ？　むしろ好き……かな」

（息がっ！　息が、あたるっ！　声がっ！　ち、近いからぁっ！）

内心は焦りに焦っているのだが、焦りすぎて逆に声が出ない。

体温を感じる距離が葵の胸を問答無用に高鳴らせて、チークの色より濃く頬を染め上げる。それを知ってか知らずか、凌久が葵の耳元で囁《ささや》いてきた。

「そのリップ。プレゼントさせてもらっていいかな？」

「えっ、なん――」

まさかそんなことを言われるとは思ってもみなくて、パッと凌久のほうを向いたら――当然のことながら顔が超至近距離で、あの色っぽい泣きぼくろが目の前に……

「「っ！」」

お互い同時に息を呑《の》んでフリーズする。どれだけ見つめ合っていたのかわからない。ただ、彼の瞳の中にいつもと違う自分を見た気がした。

「ご、ごめん」

一歩下がって距離を開けた凌久の視線が宙を彷徨《さまよ》っている。そして見てわかるほどはっきりと耳の縁が赤らんでいて、それを隠すように腕で顔を覆《おお》っているが、肝心の耳は隠れていないのだ。

「遅刻したお詫《わ》び、と、いうことで。――あの、店員さん、これ包んでください。プレゼント用で！」

葵は受け取るとは言っていないのだが……。凌久に指示された顔馴染みの美容部員は、ニヤニヤしながら「かしこまりましたぁ～」なんて元気よく応えるのだ。

「あ、あの……！」

「貰《もら》ってください。お願いします」

照れた笑みでそう言われたら、断るなんてできなくて、つい頷いてしまう。

五分もしないうちに、可愛らしくプレゼント包装されたリップが葵に手渡された。

「ありがとうございましたぁ～」

野次馬美容部員の満面の笑みに見送られてデパートを出る。

「あの、ありがとう……」

歩きながら凌久にお礼を言うと、隣からはにかみ混じりの微笑みが返ってきた。

「よかったら俺と会うときにでも使って」

そんなことを言われたら頷くしかない。

(ダメ……私、こういうの……弱いみたい……)

彼がくれるときめきに、クラクラする。雰囲気に酔っちゃいけないと思いながらも、酔いたくなる。そりゃそうだ。葵はこういう恋と関係に憧れていて、欲しくって……でも今まで手に入らなかったのだから……

凌久に連れられてきた食事処は、駅から少し山手側に歩いたところにある、ホテル内の展望レストランだった。高層階から望む夕暮れの景色は抜群。遅い時間帯なら夜景も綺麗《きれい》だろう。店内は全席ボックス席。囲みタイプのソファやシックなテーブルも、落ち着きある雰囲気でこだわりを感じる。

案内された席に座った葵は、軽く辺りを見回した。比較的早い時間帯だからか、店内は結構すいているようだ。料理は、既《すで》に凌久がお勧めコースを頼んでくれているらしい。葵は特に好き嫌いもないし、ここは初めて来る店だから注文してくれているのはありがたかった。

「こんなところがあるんですね。初めて来ました」

今までの元カレたちとは、居酒屋で飲み食いすることが多かったから。こんなロマンティックなデートプランを用意されると、なんだか「ここまでする価値のある女だ」と言われているような気がして、うっかりときめいてしまいそうになった自分を叱咤《しった》する。

(ううん、前の彼女さんとのデートで来たことがあるのかもしれないし……)

「そう？　よかった。前に接待で来たんだけど、料理もおいしかったよ。葵さんにも食べてほしくて今日はここにしてみたんだ」

(……仕事で来たんだ。デートじゃなくて……)

そんなこと確かめようがないのに、彼の言葉を信じたくなってくる。

「これ、俺の名刺。前に渡すって話してたでしょ」

差し出された名刺を受け取る。

株式会社カヴァリエホールディングス　本社営業本部長　相馬凌久
「カヴァリエ……」

「うちの会社、知ってる?」

知っているなんてもんじゃない。カヴァリエは国内広告代理店の中ではトップ3に入るであろう、大手企業だ。しかも、葵が所属しているシエリウムの取引先でもある。正確には、カヴァリエがいくつも契約しているヘアメイク事務所の中のひとつに、シエリウムがあるのだ。葵もカヴァリエの案件は定期的に請け負っている。だが、葵と凌久が仕事で会ったことはない。

(営業本部長なんだ……年、私と変わらないくらいなのにすごい……エリートなのかな)

今度は葵が名刺を渡す番だ。

「シエリウムでヘアメイクスタイリストをしています」

「シエリウム……聞いたことある。うちと契約してるところ、だよね?」

「ええ。私もカヴァリエさんの現場には、何度か出向させてもらっています」

カヴァリエにタレント起用の広告物等制作を依頼すると、モデルやカメラマンと同時に、服飾スタイリストやヘアメイクスタイリストのピックアップがカヴァリエ社員の手によって行われる。じゃあどこから選ばれるかというと、カヴァリエと契約している事務所の中から選ばれるわけだ。

凌久は営業。キャスティング会社やプロダクション側と話をすることはあっても、いちヘアメイク担当と会う機会などないのが常である。しかも本部長とくればなおさら。スタイリストのピックアップを行うカヴァリエ社員だって、企画部所属が大半だからそもそもの接点がないのだ。

接点はなくても、取引先として名前を把握しているのは、彼がそれだけの立場にいるということなんだろう。

「偶然ってあるんだね」

「そうですね」

知っている会社。でも直接的な接点はない。これくらいの関係がちょうどいいのかもしれない。プライベートと仕事は上手く両立したいけれど、スタンスとしては分けたいところだから。

ボーイがパンと前菜盛り合わせを持ってきてくれる。野菜キッシュ、生ハムムースのタルト、エビとブロッコリーを使ったテリーヌ、そしてフリッタータ。白く細長い皿に見目よく少しずつ盛り付けられたそれは、ちょっとしたアクセサリーのようにおしゃれだ。

「すごく綺麗」

そう言う葵を、凌久は優しい眼差《まなざ》しで見つめてきた。

「綺麗だよね。見た目もいいけど、味もいいんだよ。葵さんの口に合うといいな」

勧められてキッシュを食べてみると、野菜の甘さがふわっと口に広がる。サクサクした食感と焼けたチーズの香ばしい香りのコンビネーションは絶品で、思わず頬が緩んだ。

「おいしいっ」

「よかった」

サーモンのカルパッチョとマイクロリーフのサラダ。カボチャのポタージュスープ。メカジキのソテー。国産牛フィレ肉のロティー。

料理に舌鼓を打ちながら、凌久を見つめる。

「本当に綺麗な髪色ね」

「あ、これ？　地毛なんだ」

彼は無造作に自分の髪をひと束摘《つ》まんで、軽く払った。

「俺は男ばかりの三人兄弟なんだけど、みんなこんな色だよ。遺伝だね」

「羨《うらや》ましいな。綺麗だし、サラサラ。素敵《すてき》だと思う」

「いくらでも触って」

にこやかに頭を差し出されて、妙にドキドキしてしまう。流れた横髪を少し躊躇《ためら》いがちに指で梳《す》くと、びっくりするほど柔らかかった。

彼は葵のひとつ年下の二十七歳。学年は違うが、誕生日月自体は半年しか違わないので、大差ないけれど。末っ子で、趣味は料理なんだそうだ。

優しさも、楽しい会話も、あたたかい眼差しも、全部が心地いい。彼の関心が自分に向けられていることが嬉しい。そして彼に対する好意が次から次へと湧いてくる。彼がどういう恋愛をしてきたのかをこの前少しだけ聞いたから、優しい人だとあのとき肌で感じたから……相性もいいと既に知っているから……

この人を独占したいと思ってしまう。この想いをどうすればいいのか自分でもわからないのだ。持て余した気持ちが身体に溜まっていくようで、なんだか苦しい。

「葵さん、今日は時間作ってくれてありがとう。またこうして会いたいんだけど、誘ってもいい……かな?」

食事をご馳走《ちそう》してくれた凌久は、レストランを出たところで乗ったエレベーターの中で、少し照れくさそうに次の約束を匂わせてくる。ふたりっきりのエレベーターにこそばゆい空気が広がって、葵の身体をもじつかせた。

次のデートのお誘いは嬉しい。嬉しいけれど……今の葵はそれだけじゃ満足できない。

「……今日はもう、お別れなの……?」

ツン——凌久のジャケットの裾を摘まみ、上目遣いでジッと見つめてみる。

(ねぇ、伝わる? 私の気持ち……)

伝わってほしいと願いながら、想いと共に秋波を送る。

凌久の目がわずかに見開いて、次の瞬間にはゴクッと喉仏が上下する。葵の頬に触れてきた彼の手が熱ぃ。

ゆっくりと彼の目が伏せられるのと同時に、エレベーターの扉が開いた。

◆　◇　◆

「あっ、ああっ！　うんっ」

パンパンパンパンパン――と、荒々しく腰を打ち付ける音が響く部屋で、ガクンと両手を折って、四つん這《ば》いの状態からベッドに突っ伏す。でも腰だけは高く上げたままだ。なぜなら葵の腰は凌久の両手で摑《つか》まれ、固定されているから。その体勢のまま奥までズドンと強く突かれると、子宮がきゅんきゅんして目の前に火花が散る。

「はぁあんっ！」

（ああ――きもちいい、きもちいい……きもちいいよぉ……なにこれぇ、すきぃ）

ひと突きされるごとに身体が悦《よろこ》んでしまって、火照りを通り越して熱くなっていく。肉襞が痙攣《けいれん》しながら凌久の物に絡み付いていくのがわかる。彼の物は葵の中で更に硬さと太さを増して、隘路《あいろ》をみちみちと広げていく。

腰を摑んでいた凌久の手が、裸の葵の背筋を撫《な》で上げて、乳房へと伸びてくる。たゆんと揺れる膨らみを、指が食い込むほど強めに揉《も》みしだかれて、被虐感《ひぎゃくかん》にゾクゾクしてしまう。ベッドに突っ伏したまま顔だけで後ろを向くと、息を荒らげた完全な興奮状態で、一心不乱に腰を打ち付ける凌久と熱く視線が絡んだ。

「ああ……葵さん……」

前のめりになりながら背中の上に凌久が乗ってきて、さっきよりも深く奥に充たる。見下ろされながら、張《みなぎ》りの先で子宮口をグリグリと擦《こす》られて、軽くイッてしまった。

「や、あぁ……あ、ぅうう……ひぃんっ！」

「またイッたの？　すごいね、もう何回中イキしたのかな？」

恥ずかしい。自分から男を誘って、後ろから挿《い》れられて、快感に溺《おぼ》れる。恥ずかしいのに、肩口に凌久の熱い息がかかって、肌をチュッと吸い上げられたら、そこから蕩《とろ》けてしまう。乳房を揉んでいた手で、今度は頰を優しく撫でられて、葵はうっとりと目を閉じた。

顔にかかった髪を丁寧にどけながら、凌久は葵の肌を吸ってキスマークを付けていく。

「葵さんの肌……甘くていい匂い……すべすべ」

そう言うと凌久は徐《おもむろ》に唇に触れてきた。親指で下唇に触れたと思ったら、人差し指を口内に挿れられる。

ぱちゅん、ぱちゅん、ぐじゅっ！——浅く擦ったかと思ったら、奥まで深く打ち付けら

れてクラクラする。浅く、浅く、深く、深く、そしてまた浅く。交互に訪れる快感に、ビクビクと腰を跳ねさせて身悶《みもだ》える。

変な気分だ。蜜口には張りを後ろから挿れられて、口には指を——その指が葵の舌の腹を擦っていく。強くて激しいセックスは、葵を内側から満たして虜《とりこ》にする。

「んぅ……ふぇ……」

凌久はひと通り葵の口内を蹂躙《じゅうりん》すると、満足したのか指を引き抜いた。そして指を濡《ぬ》らす葵の唾液を、慈しむようにうっとりした表情《かお》で舐《な》め取るのだ。その様子を見ているだけで、鼓動が加速して目眩《めまい》がする。

そうしてなにを思ったのか、彼は後ろから挿れていた張りをいきなり引き抜いた。

「え——はぁうっ⁉」

抜かれて寂しくあいた穴に、今度は尖《とが》らせた舌が埋められる。すべてが丸見えになる体勢で舐められていることに気付いて、葵は逃れようと藻掻《もが》いた。

「あっ、や、やだ——だめぇ！」

しかし凌久は葵の腰を押さえ込み、そこにフッと息を吹きかけてきた。

「この前好き勝手したお詫びに、いっぱい気持ちよくしてあげる。だから今日は気絶しないでね」

舌だけで花弁を割り広げられ、蜜口から滴る愛液を啜《すす》られてしまう。脚を強引に肩幅まで広げさせられて、恥ずかしいのに蜜口はヒクヒクして更に濡れていく。

「ん……んんん……んぁ……なめちゃ、やぁ……」

（やだ……きもちいい……舌がぁ～中に入ってるぅ、こんな、お口で……いっちゃう……）

巧みな舌技《ぜつぎ》に追い上げられて、シーツを掻き毟《むし》るけれど、高く上げた腰はそのまま。ビクビクと震えながらも、倒れることは許されないのだ。凌久の両手が、腰に太腿に巻きついて、尻肉を広げて中を覗き見ながらあそこに吸いついてくる。恥ずかしい……恥ずかしいのに感じてしまう。誰にも見られたことのない処《ところ》を見られて、気持ちよくなってしまう。

「あぁああっ！」

耐えかねた葵が仰《の》け反《ぞ》って、ビクビクしながら絶頂を迎えると、今度は指が二本、ずぶっと突き立てられた。そして鉤状《こうじょう》にした指の腹で、手首のスナップを利かせながら肉襞を掻《か》き分けるように中を徹底的に擦り上げてくる。

「中、とろとろ……襞がねっとり絡んで、指、すごく締め付けてくる……」

「はぁうっ！」

中を広げるように反対の指も中に挿れられて目を見開く。二本と一本。左右の指が交互に奥を目指しながら、中にぐいぐいと入ってくる。三本の指に広げられて、擦られて、好《い》い処を押し上げられて……女の身体を知り尽くした男の愛撫《あいぶ》。こんなのを味わったら、意識を保っていられない。身体中がぞわぞわと粟立《あわだ》って頭が快感で真っ白になる。

ぐちゅぐちゅっぐちゅぐちゃ——粘度高のいやらしい蜜が、凌久に混ぜられ、掻き出され、糸を引く。葵は腰をガクガクさせながらシーツを嚙《か》んだ。

(もぉ、だめぇ……)

ぷるぷると震えて、お腹の奥の深い処で絶頂を迎える。指を三本挿れられた穴からポタポタと愛液があふれて太腿を伝う。じゅぽっと一気に指を引き抜かれて、支えを失った葵の腰は力なくベッドに倒れ込んだ。

「はーっ、はーっ、はーっ——……」

ベッドに身体を投げ出した葵を、凌久が熱っぽく見下ろしてくる。

「すごい……びしょびしょ……こんなに濡らして……大丈夫、今、綺麗にしてあげるから」

そう言うなり葵を仰向けにさせると、膝を割り広げたそこにむしゃぶりついてきたのだ。

「はぁうっ！　ゃ、やぁ……らめ……」

抵抗しようにも、指でいかされたばかりの身体には力が入らない。凌久は両手で花弁を広げると、ぷっくりと膨らんだ愛液まみれの蕾《つぼみ》を口に含んでじゅっと吸い上げてきた。

「——‼」

まるでそこにキスしているかのようだ。あまりにも強い刺激に、見開いた目はチカチカしていたし、動かないはずの身体は、自分の意思とは無関係にビクンビクンと跳ねて海老《えび》反《ぞ》りになった。でも蕾に吸いついた凌久は離れない。それどころか、尖らせた舌先を素早く上下させて蕾を嬲《なぶ》り、包皮を剝《む》いて女芯をあらわにしてちうちうと吸ってくるのだ。

「あぁ……あ、あ、あ、ぅうっ……や……すっちゃ……」

恥ずかしい。でも、身体が痙攣したまま強張《こわば》って、ベッドでのた打つことすらできない。

葵が動けないのをいいことに、凌久はあふれた愛液を舐め取り、女芯を丹念に愛撫しながら、蜜口にまた指を挿れてきた。

「⁉」

何本の指が挿れられたのかわからない。ただ後ろから指を挿れられたときとは違う場所——お腹の裏側をポンポンと押し上げるように擦られて、気が狂いそうになる。

「ゆ、指だめぇ……だめ、こんな……しちゃ……」

涙を流しても無理やり追い上げられる。剝き出しになった女芯を吸われながらの指技に、身体も精神も屈した瞬間だった。

「あああああああっ！」

ガクガクと震えながら、とぴゅっと快液をあふれさせる。凌久は飛び散る快液を飲み下しながら、更に舌全体を大きく使って女芯を舐め、追撃してくる。気持ちよすぎてなにも考えられない。

あふれたものを口にされるだけでも恥ずかしいのに、飲まれてしまうなんて……こんなことまでされるとは思っていなかった。

そんな葵のあそこを、仕上げとばかりにじゅっと音がするほど強く吸ってから、凌久はゆっくりと顔を上げた。

「潮吹いちゃったね。こんなに気持ちよさそうだったのに、指はだめだった？」

葵の中からとろとろに濡れた指を抜いた凌久は嘲《あざけ》るように嗤《わら》う。それは、だめなわけがないことを知っている口調だ。自分の身体がどうなったのかわからない。わかるのは今とても気持ちよくて幸せだということ。

凌久は妖艶に目を細め、腰の物を見せつけてきた。

「それとも指よりこっちのほうがいい？　これで中をぐちゃぐちゃに掻き回して、奥をたっぷり突いてあげようか？」

聳《そそ》り勃《た》つ物は太さも長さも怖いくらいに雄々《おお》しい。葵自身はくったりしながらも、身体が——子宮がきゅんっと疼《うず》いた。蜜口がヒクついてしまうのをとめられない。あれを挿れられたときのよさをもう知っている。心も身体も満たされて、幸せになれることを知っているのだ。

幸せを手放せるわけない。やっと得た女としての幸せ——

「……おねがい……いれて……」

とろんとしたまま葵が懇願すると、今まで悠然としていた凌久の目の色が変わって、ゴクッと生唾を呑む。

彼は葵の上に身体を重ねると、頰を両手で撫でながら囁いた。

「ああ……もう、可愛いなぁ……。キスしていい？　唇に……」

〝唇にキスはしない〟——その約束が一瞬頭をよぎったが、勝ったのは欲望。

小さく頷いた葵の唇を、かぷっと食べるように食《は》む。何度か触れるだけのキスを繰り返しながら、同時に彼は腰を滑らかに上下させ、あの熱く滾《たぎ》る逞《たくま》しい物で女芯を擦り、甘やかな刺激を送ってくる。そうして葵の口内に舌を差し入れ、ひと通りねっとりと舐め回してから、唇を離した。

「目を開けて。見て」

言われるがままに目を開ける。眼前に広がったのは、葵の腰を持ち上げた凌久が、蜜口に屹立《きつりつ》の先を押し充てたところだった。

「ほら、よく見てて。俺に挿れられるところ」

言いながらずぶずぶと屹立を沈めていく。途中、腰を引いて抜き差しすると、彼の物に愛液がねっとりと絡み付いてぬらりと光る。その艶《なま》めかしさにクラクラしながらも、目が離せない。

「あぁ……ああ……」

あんなに大きな物を咥《くわ》えさせられている——自分が侵されていくその様にひどく興奮する。隘路がうねりながらまた濡れたことに気付いたのか、凌久は葵の乳房を揉みしだくと、乳首をくりくりと摘まんできた。

「全部入ったね。ほら、奥まで届いてるの、わかる？」

少し体重をかけられると、漲りの先で子宮口を押し上げられるのがわかる。その気持ちよさに蕩けて頷く。

「このまま突いてあげようか？　たっぷり」

囁くような問いかけに、潤《うる》んだ瞳でまた頷く。この人の前で取り繕う必要なんてない。初めからお互いを曝《さら》け出してきたのだから。

凌久は嬉しそうに笑って、またキスしてきた。

パンパンパンパンパンパンパン──リズミカルに踊るように、ときに鋭《するど》く、ときにねっとりとスローに、あらゆる角度で奥を突き上げ攻め立てられて、葵は悶絶《もんぜつ》しながら善《よ》がり狂《くる》った。息を吐《は》くたびに、蕩けきった喘《あえ》ぎ声が漏《も》れる。叫《さけ》ぶような力はない。ただされるがまだ。

「あぁ……あ……っ、あぁぁ……あぁ……いく、あぁ……いくぅ……」

「葵さん、気持ちいい？」

膝裏を押さえ、真上から突き立てた漲りを見せつけながら、凌久が囁く。

「うんっ、うんっ」と、何度も頷けば、彼の目が優しく蕩ける。

「俺も気持ちいいよ。ぐちょぐちょなのにすごい締め付け。吸われてるみたい」

凌久は葵の耳に唇を寄せると、脳に吹き込むように声を漏らした。

「あっ、ああ……くっ、ぁ……気持ちいい、気持ちいいよ、気持ちいい……あっ……あ、もう最高……腰とまんない。はぁはぁ……ああ……」

乳房を揉みながら、汗ばんだ首筋を吸い上げられる。男の喘ぎ声に女としての自尊心が満たされて、媚肉がキュッと締まった。

「そんなに締めないで、気持ちよすぎて出ちゃうよ。俺はもっと可愛がってあげたいのに」

少し不貞腐《ふてくさ》れた口調にも胸がときめく。更にぎゅぎゅっと中が締まって凌久が低く呻《うめ》いた――と思ったら、いきなり上体を引き起こされて葵の視界が大きく揺れた。

「ひゃあっ！」

驚いたのもつかの間。葵は胡座《あぐら》を組んだ凌久の上に跨《また》がるように座らされていたのだ。腰を抱かれていても浮いた身体が不安で、思わず彼の肩に抱き縋《すが》る。でもそうしたら葵の乳房が彼の顔の位置にきて、ある意味、乳房を押し付ける形。

あるのは奥にグッと深く彼が入ってくる感覚と、羞恥心《しゅうちしん》と困惑……

「葵さんの好きに動いていいよ」

向かい合った彼に微笑まれても、そうはいかない。葵は助けを求めるように眉を下げた。

「あ、あの……私……こういうのしたことがなくて……わ、わからなくて……」

そう、葵は対面座位なんてしたことがないのだ。過去に男とベッドに入ることはあっても、その男が葵の中に入ったことはないわけで。先っぽだけで即イキする男と対面座位なんて不可能なのだから。実を言うと後ろから挿れられたのも今日が初めてのこと……

それを聞いて一瞬、キョトンとした凌久だったが、徐々に赤くした顔を俯《うつむ》けて片手で覆った。

「あぁ、もう……むり、可愛すぎる……」

なにか彼が独り言《ご》ちているようだが、声がくぐもっていて聞こえない。

(経験のない私じゃ……楽しめない……のかな……)

「……ごめんなさい……」

途端に申し訳なくなって謝ると、凌久は慌てて顔から手をどけてかぶりを振った。

「違うから、謝らないで。そうだよね。葵さんは、俺がはじめてだから……はじめて……だから……うん……」

凌久が慈しむように葵の頬に手を触れ、目を細める。その眼差しがあまりにも優しくて、目が離せない。ドキドキして、身体の奥の深い処できゅんっと疼く。

「大丈夫。気持ちいいことは全部俺が教えてあげるから任せて」

ゆっくりと唇が重なって、見つめ合ったまま身体を抱き締められる。

「ほら、ここが葵さんの一番奥」

「ひゃあ！」

自重が加わったせいか、身体の真ん中に挿れられた熱の塊が今までにないほど奥まで来て、頭がクラクラした。気のせいか、彼の物が一段と硬くなった気がする。

腰を押し付けたまま、ぐいっと腰を遣って中を抉《えぐ》られて、逃れられない快感に仰け反って身悶えた。

でも倒れることはなかった。凌久の両手がしっかりと葵の身体を支えているから。

彼は葵の腰を摑んで強引に上下に揺すり、中に挿れた物を扱《しご》かせながら、葵の腰が下に来るタイミングに合わせて突き上げてくる。張り出した雁首が肉襞を遠慮なく擦って、愛液を奥から掻き出す。

「ああっ！　だめ！」

「このままいかせてあげる」

「あぁあぁっ！　や、だめ、まって、まって――んんっ」

強すぎる快感に怯《おび》えて引ける腰を、強制的に前後に揺すられ女芯まで親指でいじられてしまう。

「ああっ！　あ……そこ、さわっちゃ、だめぇ……ひぃいく、ああっ！」

「大丈夫、怖くないよ。ほら、こっち向いてごらん？　俺の目を見て？　イクところ見ててあげる」

「ああ……んっ、はぁあんっ」

身体に教え込まれるのは、この人を奥で受け入れること。乱されて気持ちよくなること。女になること。

剝き出しの女芯を摘まむようにいじられながら、葵はズンズンと下から突き上げられていた。

彼の瞳に。はしたない自分が映っている。蕩けた顔で、だらしなく涎《よだれ》を垂らして――でもどうすることもできない。気持ちよくて気持ちよくて子宮が震える。彼の硬い物を一番気持ちいい処に擦り付けられているのだから。

「葵さんの中をこうやっていーっぱい突いてあげられるのは俺だけだよ。わかる？　俺だけが葵さんの中に入れるんだよ？」

熱っぽい囁きに蜜口が締まった。もっとされたい。もっと奥まで入ってきて。強引にしていいから、乱暴に突いていいから、めちゃくちゃにしてと、彼の肩に抱き縋る。

「うん、うんっ、んっ、はぁはぁ……はぁはぁ……っ、あ……」

「可愛いよ、すごく可愛い。もうとろとろ……イキっぱなしだね。ほら、俺に挿れられて嬉しい？　正直に言ってみて？」

今度はトントンと優しく奥を突いてくる。こんなのずるい。さっきはあんなに乱暴に突いておきながら、葵が屈伏した途端に、優しいセックスをするなんて。

「あぁ……あぁ……うれし……きもちぃ、きもちぃ……もっと……もっとぉ……」

「うんうん、もっとしようね……いっぱい挿れてあげる。満足するまでいーっぱい突いてあげるからね、気持ちよくなって」

唇が舐め取るようなキスで塞《ふさ》がれる。葵の意識はそのまま溶けていった。

◆　◇　◆

（や、やってしまった――……）

身体を火照らせた葵を胸に抱いて、片手を己の額に置いた凌久は、自分の性欲の強さと、我慢の効かなさにショックを受けていた。

なにが〝食事だけでもいい〟だ。完全に彼女自身をおいしくいただいているじゃないか。

（本当に食事だけのつもりだったのに！　そのつもりでいたのに！　ああああっ！　これじゃあ、身体目当てみたいに思われる……）

天地神明に誓って嘘《うそ》じゃない。今日、抱くつもりなんて微塵《みじん》もなかった。葵があんな熱っぽい目で見つめてくるから、理性が一気に焼き切れてしまったのだ。

全世界の男に問いたい。惚れた女が「今日はもうお別れなの？」と、寂しそうに見つめてきたとき、その瞳の奥に熱っぽさがあるのを気付いた上で、「そうだよ。マジで飯だけ」なんて雰囲気ぶち壊しどころか、未来までもぶち壊しそうなことを言えるのかと。むしろ言っていいと思っているのかと問いたい。問い詰めたい。小一時間問い詰めたい。

エレベーターをフロント階で降りるなり、凌久は部屋を取っていた。これ以上の最適解があるなら教えてほしいくらいだ。

凌久は、「葵さんに相応《ふさわ》しいから」という理由で、ホテルに一部屋のみの特別なラグジュアリールームを選んだ。特別ルームというだけはあって、部屋の調度品もしっかりしているし、間取りも広い。レストラン同様に夜景を望むことができる都市型リゾート風。ひと言で言えば豪華だ。自分にとって特別な葵を、安っぽいラブホやビジホで迎えたくはなかったのだ。当日にもかかわらず、すんなりと部屋を取ることができたのはフロント係の名采配か。はたまた同じホテル内のレストランをネット予約していたので、身元確認とクレジットカードの登録が終わっていたからか。

腕の中にいる葵の髪を撫でる。解かれたそれからいい香りがする。興奮冷めやらぬまま、ふたりとも未だに裸だ。

彼女は満足してくれただろうか？　自分の取った行動は、彼女の意に沿っていただろうか？　自分が下した最適解は、ふたりの未来にとって正解だったんだろうか？　そんなことを考えながら、ほんのりと丸い彼女の額に口付ける。

「あ……」

葵が顔を上げてきて目が合う。

彼女はふにゃっと笑うと、薄く頬を染めてまた淩久の胸に収まった。そのことに心臓が高鳴って、彼女を愛おしく思う気持ちが一気にあふれてくる。

（やばい……好きだ……）

まだ二度しか会ったことがない人なのに。葵は淩久の中でこれ以上ないほど大きな存在になっている。

彼女は綺麗だ。指先まで洗練された印象を抱くのは、彼女の眉目形《みめかたち》が整っているだけでなく、〝美しくあろう〟という彼女の意識が細部に宿っているからではないだろうか。

立ち方、歩き方、視線の向け方、仕草……どれも一朝一夕で身に付くものではない。

あらわれるそれは、彼女が自分自身を最上に育てた結果だ。

名刺を貰ってヘアメイクスタイリストだと聞いたとき、自分のその印象が間違っていなかったと確信を持った。

葵が所属しているシエリウムは取引先のひとつだからよく知っている。あそこのスタッフは業界でもかなりの実力派揃《ぞろ》いだ。そして外部に派遣されるスタッフは、その中でもトップクラス。葵は自分が出向組だということをサラリとしか触れなかったが、彼女がトップクラスのヘアメイクスタイリストに属していることは間違いない。二十八歳。仕事に対する信念と才能が相当にないと、そこまで登り詰めるのは無理だろう。

ふわふわの髪を梳いたり、指に絡めたりしているうちに、またキスしたくなってくる。額に、瞼《まぶた》に、頬に……唇を当てる場所を徐々に下げて、ようやく触れた葵の唇を軽く食んだ。彼女は抵抗せずにキスに応えてくれた。互いの舌先が触れ合ったときの甘く痺《しび》れるような感覚が癖《くせ》になる。舌の付け根から舌先を、舌先から口蓋《こうがい》を、流れるように触れて、ぬめった唾液を絡ませる。そうしているうちに葵を腕に抱き込んで組み敷く。

まだ先の余韻が残っている葵の瞳を見つめた。

（……食事だけなんて、無理だったな）

認めなくてはならない。最初に求めたのは彼女でも、欲しがったのは自分。

ただ応えたんじゃない。そこに自分の意志が確かにあった。この人を抱きたくて抱いた。快感に溺れて、彼女の身体を貪《むさぼ》った。

唇から首筋に、首筋から鎖骨に、乳房にとキスをしているうちに、葵が初めて身じろぎした。

「帰らなくていいの？」

寂しいことを言う。でも、本来こうなるはずではなかったから、彼女は予定を気にしてくれているんだろう。たぶん、今は二十二時とかそれぐらいのはず。帰るならそろそろ支度をしないと、終電ギリギリになってしまう。

「帰らない」

豊かな白い乳房を柔らかく揉みながら頬擦《ほおず》りして、胸の谷間にキスマークを付けた。この人の身体に自分の跡を残したい。消えない跡がいいけれど、消えてしまうならまた付けたい。

「葵さんと一緒にいたい」

そう言って今度は乳首を吸う。葵の唇から甘い息が漏れた。

「んっ、でも……仕事は……？　明日、平日だし……ンンッ」

感じながらの声が艶めかしくて、もっと感じさせたくなる。少し強く吸ってから、濡れたそこをくにくにと指でいじる。

肌から女の匂いがする。抱かれたばかりの女が放つ男を興奮させる匂い。

「十時出勤だから、それに間に合うようには出るよ」

「家に、はぁん、帰ら、ないの？　着替えは？」

「会社と家が徒歩十五分なんだ。だから大丈夫。葵さんの明日の予定は？」

「私、明日の現場は、ンッ、昼過ぎ、だから……」

乳房を揉まれながら、葵はベッドサイドに手を伸ばして自分のスマートフォンを取った。

どうやらスケジュールアプリを確かめているらしい。

「Re＝M《レム》の撮影か――元町《もとまち》のスタジオだから、ちょっと距離あるけど……」

（レム？　ああ、Re＝M《レム》、Render＝Move《レンダー＝ムーブ》か。……元町スタジオ……）

葵が口にした断片的な情報に思考が釣《つ》られる。Render＝Move《レンダー＝ムーブ》、略してRe＝M《レム》は、十代の若者たちを中心に絶大な支持を集めている大人気女性アイドルユニットだ。去年の女性アーティスト一位にも輝いていて、彼女らの仕事には常に億の金が動く。かなり大規模な案件だ。

「それ、カヴァリエ《うち》の仕事じゃないか？」

尋ねると、葵は少し驚いた顔をした。

「そうよ。知ってたの？」

「ひと通りは把握してるよ。うちにとっても大きい取引先だしね」

カヴァリエは上場企業ではあるが、同族経営形態である。設立から一三〇年が経つ今でも創業一族出身者が役職の大半を占めているほどにその支配は根強い。カヴァリエの主要株主である一般社団法人相政会《あいせいかい》は非上場企業で、役員全員がカヴァリエの創業一族から成っている。そして、カヴァリエの現社長の三男である凌久も、相政会の役員として漏れなく名を連ねていた。

カヴァリエが同族経営であることは一般的に広く知られている。凌久も自身の出自を非公開にしているわけでもないし、なんなら取引先に広く知られているほうだろう。が、葵の反応を見るに、彼女は知らないらしい。

（普通は知らないか……）

いくら葵がシエリウムのトップヘアメイクスタイリストだとしても、彼女自身が委託契約書にサインする立場ではないのだから。

（そうだ！）

いいことを思いついた凌久は、葵の横にゴロンと横になって頬杖《ほおづえ》をついた。

「葵さんの経歴になりそうな大きい仕事を優先的に回そうか？　指名で。俺、これでも営業本部長だから」

相馬の名前は伊達《だて》じゃない。企画部本部長は凌久の次兄だ。凌久が話を通せばいちスタイリストの優先起用なんてわけもない。電話一本、メール一通で終わる根回しだ。

（Re《レ》＝M《ム》の仕事を任されるくらいなら、葵さんの実力が申し分ないことは明白だしね）

思わずニヤける。彼女が望むなら、できることは全部してあげたい。自分の立場ならそれができる。そんな思いで提案すると、葵の目の色が変わった。

「……そういうの絶対にやめて」

彼女はゆっくりと上体を起こすと、ふわふわな髪を掻き上げて静かに息を吐くのだ。

向けられた視線は隠さない不快を滲《にじ》ませていて、内心で名案だと自画自賛していた凌久を怯《ひる》ませた。それは、喜んでくれると思った彼女の真逆の反応だ。

「私は私の技術が通用しないとは思っていないし、誰かにお膳立てされなくても自分の力でやれるところにいると思ってる。だからそういうのはやめて。したら怒るから」

あるのは自信と信念と確信。完全実力主義の甘くない世界で生き抜いてきた、眩《まばゆ》いばかりの力強さに目がくらむ。クールな佇《たたず》まいの裏にある熱いプライドにゾクゾクする。

彼女は自分とは違う。生まれたときから定められたレールを走るのではなく、この人は自分で走る道を選んでいる。そのための術《すべ》と力を努力で身に着けているからこそ出る言葉。

（ああ……やっぱりいいな、この人……好きだ）

凌久は惹かれるまま、縋るように葵の腰に抱き付いた。

「わかった！　しないよ。約束する。葵さんに嫌われたくないから」

「ん」

返答に満足してくれたのか、彼女はふわっと髪を梳いてくれた。撫でられると気分がいい。自分の浅はかな提案を一蹴したこの人が清々《すがすが》しくて、知るほどに魅力的だ。

どうしたらこの人の側《そば》にいられるだろうか？　この人は自分という男をどう思っているんだろうか？

『今日はもうお別れなの？』そう言って自分を引き留めた彼女の目がふと脳裏をよぎった。

（……なんで今日、俺に抱かれたの……葵さん……セックスしたかっただけ？）

聞きたい気持ちと、聞きたくない気持ちが半々。

気持ちのない男に身を任せることはしないだろうと思いつつも、出会いが出会いだっただけに、自分自身が好かれているという確信に至るほど自惚《うぬぼ》れることができないのだ。

彼女が求めているのは身体を慰め合うだけの関係なのか、それとも愛し愛される関係なのか――？　わからない。

葵が撫でてくれている間しばらくは無抵抗でいた凌久だったが、ふと上体を起こして彼女の唇にキスをした。急だったからか、葵の綺麗な瞳が驚きに見開かれる。それは見ていて、とても気分がよかった。彼女の心を動かせるなら、なんでもいい。とにかく自分に関心を持ってもらいたかった。

「ん……」

そのまま葵を真後ろに押し倒して、彼女の髪を乱しながらまた唇を貪った。吸って、齧《かじ》って、口内に押し入って舌を絡める。同時に彼女の脚を広げるように自分の脚を捻《ね》じ込み、艶めかしくくびれた腰を下から撫で上げ、そのまま乳房を揉みしだく。

身体からはじまった関係なのは事実。それなら身体から離れられなくするまでだ。幸い、女性を悦ばせることには長《た》けている自信がある。何度でも、いくらでも彼女を抱いてやれる。名器な彼女を、その身体の奥底から感じさせてあげたい。

「帰さない。朝まで離さないから覚悟して」

――誘ったのはあなたなんだから。

ゴムもたっぷりあるから。そう耳元で囁くと、葵の頬がじわっと朱《しゅ》に染まった。

第三章

完全夏日の昼下がり。駅でタクシー待ちをしていた葵《あおい》は、自分のすぐ後ろに並んできた男と目が合って、「うへぇ」と吐《は》き出したくなるのを懸命に耐えていた。

男は二ヶ月前に一度ベッドを共にした市川治《いちかわおさむ》だ。葵の中に五ミリ入ったかすら怪しい男。三擦《みこす》り半《はん》どころか、ワン擦りすらせずに暴発して爆速早漏《そうろう》記録を打ち立てたあの男だ。

「よう」

向こうから声をかけられて、無視するわけにもいかず、葵は小さく会釈した。

「おはようございます」

今日の現場は、国内ブランドが主催するファッションショーの打ち合わせだ。ショーは全四十九ブランドが参加し、内二十七ブランドがランウェイショーを行う。

本番は十二月だが、今回の打ち合わせから、葵たち外部のヘアメイクスタイリストが入ることになっている。リハーサル未満の打ち合わせではあるものの、ブランドとモデル、それからショーの流れに合わせてどういうヘアメイクをするのか、誰がどこを担当するのかをざっくりと決める。決め打ちはしない。本番まで四ヶ月あるから、ここで軽くイメージを組んでおけば、服飾デザイナーが服のほうを調節する時間が取れるという寸歩だ。ヘアメイクをすることでインスピレーションが湧くタイプのデザイナーもいるから、リハーサルに入ったらなぜか作品が変わっている……なんてこともたまにはある。でもショーの主役は服なので、葵たちヘアメイクは合わせるまでだ。逆に言えば、〝臨機応変に合わせられるヘアメイク〟が選ばれていることになる。ちなみにカヴァリエの仕事だ。葵は三回目の参加。ショーの規模が大きいので、複数のヘアメイクスタジオやサロンの主力が駆り出されるのが慣例ではあるが……

（マジですか……）

今年は彼も招集されるとは……。肩にかけた鞄《かばん》を持つ手に力が入る。

なんだかんだで狭い業界だ。同業者なんだから顔を合わせることもあるだろうとは思っていたが、できれば会いたくなかった。

「よろしく」

「はぁ……」

二ヶ月前に葵のメールはガン無視したくせに、平気で話しかけてくるのか、この男は。

市川は長めの髪をウエットヘアにセットして、伊達《だて》眼鏡なんかかけている。身長はないが、仕事柄、自分をよく見せる術《すべ》には長《た》けているから、腹立つことに見てくれがいい。その上、話しやすいし、女の懐に入るのが上手い。だからモデルや女優たちも彼にメイクされることをいやがらない。

すっぴんを見せ、肌や髪を触らせ、着替えに同席することもあるヘアメイクに彼女たちが同性を望むことは多い。男であるが故《ゆえ》に、女のスタイリストとは違う部分の努力が必要で、彼はその努力ができる人間だった。そういうところに好感を持っていた。仕事中にお喋《しゃべ》りが多いのも、相手の警戒心を解くため――葵も一時期警戒心を解いていたわけだが。

(仕事とプライベートは違うんだってことを過去の私に言いたい！　力いっぱい！)

苛《いら》つきながらタクシーに乗り込むと、なんと同じタクシーに市川も乗ってきたのだ。

「ちょ、ちょっと！　なんで一緒に乗るの！」

無理やり押し込まれた葵は不快に眉間に皺《しわ》を寄せたが、市川は悪びれる様子もない。

「目的地同じなんだからいいじゃん」

(よくない！)

イライラが加速する。でもここで過剰反応するのも、この男と自分の間になにかがあったことを認めるようで癪《しゃく》に障る。葵は押し黙って、タイトスカートに入った深めのサイドスリットを隠すように、市川と自分の間にデンッと鞄を置いた。

こういうときは楽しいことを考えよう。例えば、そう、凌久《りく》のこととか。今夜は仕事のあとに彼と会うことになっている。

凌久とは週一回から二回のペースで会っている。三回会った週もあった。メールは当たり前に毎日。葵の仕事のスケジュールに、凌久が合わせてくれるのだ。

彼は葵をお姫様のように扱ってくれる。最初こそよくあるカップルズホテルだったが、二度目以降はラグジュアリーホテルだった。部屋もスイート・ルームに準じたクラスを多く取ってくれる。ホテルレストランの食事をルームサービスで部屋に用意してもらい、話しながらふたりの時間をゆっくりと楽しむことを凌久は好んでいるようだった。今日は金曜日、明日明後日が葵の久しぶりの土日休み。凌久も休みだからということで、今夜から会って彼の部屋に招待してくれるという。

ふたりの休みが完全に合うのはこれが二度目。

一度目のときは、昼から会って映画を見て、植物園を散策、街をぶらついてウィンドウショッピング。グルメエリアでジューシーなハンバーグと自家製ソースを堪能。葵がカロリーが気になるとぼやいたら、凌久がバッティングセンターを提案してくれた。

ふたり並んで打ちまくるのはスカッとして気持ちよかったし、凌久が一六〇キロの球速でホームランを打ったときにはふたりして盛り上がった。運動もできるのかと、彼のかっこいい一面を見て、ちょっと胸がきゅんとしてしまったのは内緒だ。

お決まりになった肌の触れ合いはいつも充実していて、内側から満たされる。優しく、ときに激しく、強く抱かれると、頭がクラクラして受け入れる歓《よろこ》びに溺《おぼ》れる。

凌久は葵をホテルに置き去りにしたりなんか絶対にしない。葵を腕に抱いて、話を聞いてくれる。友達のこと、将来やりたいこと、気に入ったメイク用品——とりとめのない話を聞きながら、優しく髪を撫《な》でてくれる。もしかするとカップルたちには当たり前のことなのかもしれないが、葵は凌久と出会うまで、こんなふうに扱われたことなんてなかった。

身体の快感だけじゃない。凌久が作る穏やかな空気と時間が、安らぎと幸せをくれる。欲しかったものを彼が全部くれるのだ。

こうやって彼との時間を振り返ると、付き合っているカップルとなんら変わりない。なんなら凌久は、葵の過去の彼氏以上に彼氏らしい。けれど、二ヶ月が経った今も、葵と凌久は付き合っているわけではなかった。

どちらとも『好き』とは言わないのだ。

普通に考えてみても、凌久とはかなり仲良くなったと思う。正直、彼が好きだ。でも、自分の気持ちを伝えることに躊躇《ためら》って、一歩先に進めない。

（だって彼……泣くほど好きだった彼女と別れたばかりなんだよ……）

カフェで見た凌久の涙を思い出す。あれから二ヶ月と少し。立ち直れたのかどうか、わからない。しばらく一緒にいてわかったことは、彼はとても尽くしてくれる人だということだ。あの人の愛情が全力で向かうなら、きっと彼女を相当大事にしていただろうし、泣くのもわかる気がする。

凌久はどうしてこの関係を続けているんだろう？　葵という女は身体の相性はいいし、失恋の痛手を癒《い》やすのにちょうどいい相手なんだろうか？

葵だって凌久を利用している。初めは自分を追い込むため、今は身体を満たすため。そして同時に心も満たされて、反面抱くのは罪悪感。自分の選択に彼を巻き込んだ自覚はあるのだ。普通に考えて、逆ナンしただけでなく、第一声で「えっちして」なんて言う女は“恋愛対象外”の可能性が高い。自分で自分をそういう女にしてしまったのだ。だが、あの日あのとき、葵が突飛《とっぴ》な行動を取らなければ、凌久との接点はなかったのも事実。

こんな関係は間違っている。はじまりから間違いだったとわかっていても、じゃあ、今更やめられるかというと、それは無理なのだ。

ちゃんと付き合っているわけではなくても、『好き』の言葉が貰《もら》えなくても、彼の気持ちがなくても、遊びだったとしても、彼との時間を手放せない。

葵にとって凌久との時間は本当にかけがえのないもので、甘い依存をもたらす。それは不可欠で価値があるもの。

彼を好きな気持ちだけが膨れあがって育ち、葵を内側から苦しめる。この気持ちに気付かなければよかったのに。

タクシーの窓にコツンと額《ひたい》を当てた。

（あの人の傷心が癒えたときに考えてもらえれば……それでいいかな……）

　自分が利用しているぶん、彼も利用してくれればいい。そしてもし……もし、未来を考えてもいいと思ってくれるなら……きっとなんらかの言葉をくれるはず。それまでは自分の気持ちなど、ただの押し付けにしかならないだろう。

　こういうふうに考えること自体が既《すで》に、彼に相当のめり込んでいるということになるんだろうか。

　一緒にいられるかもしれない人を見つけてしまって、変に期待している自分が哀れで情けない。一緒にいるときがこの上なく幸せなぶん、彼のいない未来を想像するのが怖いのだ。

　清く正しい出会い方をして、想いを伝え合ってから身体を交えていれば、気負うことなく恋に身を委ねていられただろうに。順序を間違ったがためにこんな……

　そうこうしているうちに、タクシーは目的地に着いた。ここ、国際会館でショーは開かれる。今日は国際会館内にある大会議室で打ち合わせだ。

「千七百七十円です」

「はい」

　葵が財布を取り出しているうちに、市川はさっさとタクシーを降りる。

「お先にー」

「はぁ!?」

呆然《ぼうぜん》として二の句が継げない。

（タダ乗りする気⁉　うわ……セコッ！　ないわぁ……）

タクシー料金は領収書を切れば経費になる。が、葵と市川はスタイリストとして所属スタジオが違うのだから、相乗りした場合はどちらか片方が全額負担するのではなく、折半すればいいものを。そこまでしなくても、ひと言断るとか、お礼を言うとか、他にいろいろあるだろうに。それともこういうことを考えるほうが細かくてケチなのか？

（そういやこの人、ホテル代も払ってくれなかったっけ）

いやなことを思い出した。

別れて正解だったと考え直して、葵はタクシー代を払うと会館に向かった。

「葵さーん！」

会館内ロビーをエレベーターに向かって歩いていると、後ろから声をかけられる。振り返ってみればアレクサンドラ・ニーナが、自身のマネージャーを置き去りにして駆け寄ってくるところだった。彼女と会うのは二ヶ月ぶりか。下ろしたストレートの髪を弾《はず》ませる姿を見るに今日も絶好調のようだ。

「ニーナちゃん！　おはようございます。今日も可愛《かわい》いね！　よろしくお願いしますね！」

葵が挨拶《あいさつ》すると、ニーナが薔薇《ばら》色の笑顔を惜しみなく振りまいてくれる。まさしく一笑千金。

「わたし、葵さんに担当してもらいたいから希望出しちゃおうと思ってるんだけど、いいですか？」

「嬉《うれ》しいなあ。通ったら喜んで担当させてもらうよ〜」

ショーには男女合わせて二十人のモデルが起用されると聞いている。全体の流れがあるから、一〇〇％希望が通るとは言えないが、モデル側の希望は考慮されることが多い。それがニーナほどの売れっ子モデルになればなおさらだ。もしも彼女の担当になれたなら、この千金の笑顔をヘアメイクで万金にしてみせる！　腕が鳴るというものだ。

来たエレベーターに葵とニーナ、そしてマネージャーの三人で乗る。すると、ニーナがキラリと目を輝かせた。

「そのリップの色めっちゃ可愛いですね！」

ポンと何気なく言われた言葉に、胸がドキッと跳ねる。凌久にプレゼントしてもらったあの限定リップ。今日は凌久に会う日だということもあって、使っていたのだ。彼に会う日でなくても、最近はこのリップをよく使っているのだけど。

練習がてら自分のヘアメイクの雰囲気《ふんいき》やコスメ、道具を変えたりするのは頻繁で、そして周りにいる同業者やモデルたちから、褒《ほ》められたり、やり方を聞かれたり、コスメならメーカーをなんてよくある会話の流れ。だから慣れているはずなのに……

（ドキドキする……）

顔が火照《ほて》る。その暑さを手うちわで誤魔化《ごまか》しながら、葵は明るくポーズを取ってみせた。

「ありがとう！　限定リップなの。友達がプレゼントしてくれてね。ケースもとっても可愛いんだ～。最近のお気に入り！」

友達。彼は……友達？

自分の言葉が胸に痛みを与える。違うんだと言いたい。

でも、それ以外に彼との関係をあらわす適切な言葉が見つからないのも事実。

だから、友達。身体を交える友達。

「限定！　わたし限定って言葉に弱いんですよぉ～」

「わかるわかる！　私もだよ。特別感があるよね」

ニーナと話しながら大会議室に入ると、先に到着していた何人かの視線が飛んできた。

主催者側、カヴァリエの企画部、演出家、服飾デザイナー、モデル、カメラマン、音響、照明、メインヘアメイクスタイリスト。総勢八十人弱。全員が今回のショーのために招集された人員だ。本番では各アシスタントも入るから百人は超えることになる。

パッと見ただけでも裏方の人間は服装に特徴が出る。葵もそうだが、みんな黒っぽい服装なのだ。黒子《くろご》を意識して自然とそうなる。主催者側やカヴァリエの企画部といった勤め人はスーツだし、服飾デザイナーは派手に着飾っているタイプと、機能性重視タイプに分かれていた。一番表に出るモデルに至っては全員が煌《きら》びやか。

そんなな中でも、ヘアメイクグループには見知った顔が多い。ここに呼ばれる人間は、業界で名前が売れている者たちだから当然か。そしてさっきタクシーにタダ乗りしてきた市川の顔も。

多少の増減はあるだろうが、今後はこのメンバーで顔を合わせることが増えるだろう。

重たい気持ちを押し殺し、葵は声を張り上げた。

「おはようございます！」


「――では！　今日の打ち合わせはここまでということで！　えー、お伝えしていた通り、親睦を兼ねた飲み会をね、これから開催します。場所は駅方面なんで、車で来られてる方は何人か拾って移動してもらって。すいませんけど現地集合でよろしくお願いしますー」

四時間にわたる打ち合わせが終わり、カヴァリエの企画部スタッフの号令で、大会議室から人がゾロゾロと退出していく。

配布された赤い紐が付いたスタッフ用ネームタグと、舞台資料を鞄にしまった葵は、ゆっくりと席を立った。別に急ぐ必要はない。エレベーターも混んでいるだろうし、店の場所はわかっているから。

（タクシーで移動しようっと）

今度はひとりで乗ろう。そう思いながら大会議室を出る。するとエレベーターを降りた先のロビーでニーナと彼女のマネージャーに会った。

「葵さんだーっ。お疲れ様でーす。葵さんも今から移動ですか？」

「ニーナちゃん、お疲れ様。うん。タクシーで行こうと思って」

葵がタクシー乗り場の列を指差すと、いつも後ろにいるマネージャーが進み出てきた。

「ではうちの車で一緒にどうですか？」

「ありがとうございます。助かります」

お礼を言って、車に乗せてもらう。ステーションワゴンタイプの車で七人乗り。ニーナと同期のモデルたちも相乗りして、女子ばかりで華やかな車になった。

「葵さーん、最近、ファンデのノリが悪くなった気がして」

「私は毛先の痛みが気になるんです。切っちゃったほうがいいのかな？　サロンでトリートメントしたらいい？　助けて葵さーん」

ワゴンの中はモデルたちのお悩み相談会場だ。

「暑くなってきたし、お肌の状態が変わってきてるのかも。ファンデより下地から見直してみるといい場合があるの。お薦め下地があるよ」

「うーん、そこまで目立って傷んでないけど、少し気になるね。トリートメントもいいけど、うちのサロンでやってる髪質改善もお薦めよ。トリートメントより持ちがいいから。色が暗くなるけど、あなたは黒髪だから気にしなくていいしね」

美容相談を受けてアドバイスするのもヘアメイクの仕事のひとつ。信頼の獲得は会話の積み重ねだ。むしろ会話の機会を楽屋以外で得ることができてラッキーとさえ思う。

「あー理解のある彼が欲しい」

「わかる！　こっちの邪魔しない彼氏欲しいよね。匂わせとかしないタイプがいい！」

モデルたちの会話が移り、運転しているマネージャーが苦い顔をしている。商品《モデル》たちに男なんて売り出す側からすると勘弁してほしいのだろう。

「やっぱさーこっちサイドの人がいいよね」

「そういえば、ミッテミッテの女ADとヘアメイクの市川さん付き合ってるってよ。この間市川さんから聞いた」

（ふーん）

話には加わらないまでも、葵はポーカーフェイスでバッチリ聞き耳を立てていた。どうやら市川は葵と自然消滅のあと、既に彼女がいるらしい。興味もないが。

「その情報古いよ。イッチーは今はフリーだから。一週間前にイッチーが言ってたし」

知りたくもない追加情報がもたらされる。

「でもイッチーはすぐ彼女できそうだしなー」

「わかるー楽しいし、話しやすいしね」

同意しつつも「私は合わなかったけど」と心の中で呟《つぶや》く。市川もたぶん、葵が相手でなければ致命的な早漏ではないだろうし、ケチなのは倹約家なだけとも言える。ホテルに置き去りと連絡ぶっちは……ちょっと庇《かば》えないが。仕事の一面だけなら、現場を楽しく盛り上げてくれるムードメーカーだ。

そうこうしてる間に車が駅に着いた。食事処が集まっているビルの一階に入った店、溶岩焼鹿児島《かごしま》屋が今日の会場だ。

「ここ来たことある～焼き肉もおいしいけど、馬刺しもおいしいよね」

「えっ、馬食べるの？　無理！　ロケでお馬さんと触れ合ってきたばかりなの！」

「ああ……それは食べにくいね……あんたは牛さん食べときなー」

モデルたちの会話を聞くともなしに聞きながら、葵も暖簾《のれん》を潜《くぐ》った。

(私も来たことある～っていうか、毎回ここだよね)

葵がこのショーに関わるのは三回目なのだが、飲み会は毎度同じ店だ。木の香りに包まれた落ち着いた空間で雰囲気がいいし、焼き肉がメインだが副菜の創作和食もおいしい。そもそも八十人近い人数を収容できる店となると限られてくる。それに、下手な店を選ぶと、店員や客からモデルたちが盗撮されることもあるから、店の治安は大事なポイントだ。だから毎回同じ店になっても仕方がないところはある。

お座敷にテーブルが三列ズラリと並び、上座にショーの主催陣が座り、服飾デザイナー、モデルたち、そして下座に近い席に葵たちへアメイクが座る。裏方は裏方で集まるのは世の常だが、例外はカメラマンか。今回のメインカメラマンは超売れっ子なのだ。主催の隣に呼ばれている。

(あとで挨拶しよ)

上座をチラ見して席に着く。三席ほど斜め向かいに市川がいるが、気にしないことにしよう。

「あら、葵じゃなーい、元気?」

頭上から野太い声をかけてきたのは、テレビに引っ張りだこの巨匠、アザミだ。オネエへアメイクスタイリストのパイオニアで、ちなみに〝ガチ〟のオネエである。彼女の金髪に深い赤のワンピースは強い自信のあらわれか。巨匠の名に相応《ふさわ》しいお人である。

葵の師匠であるシエリと同世代で、ライバル的存在で、葵にとっても大先輩だ。以前、着付け師としての手解きを直接受けたこともある。アザミとシエリが仲がいいからという理由で、十五人の着付け師で、百五十人のお嬢様方のお支度を調える成人式の大会場に放り込まれたときは恨みに思ったが、今では感謝している。

アザミは打ち合わせの席にいなかったが、ショーに参加することは名簿に書いてあった。彼女クラスの大物になると、細かい打ち合わせには来なかったりする。最悪、ゲネプロ

──最終リハーサルから来てもらえれば御の字だ。ショーに着物風のファッションがあれば、それはアザミの担当で間違いない。

「アザミ先生、お疲れ様です。ぼちぼちやらせてもらっています。今回はよろしくお願いします」

「こちらこそー。アタシ、このショーは初めてなのよぉ。あんた三回目なんでしょ？　あとで挨拶しに行くから一緒に来てほしいわ」

「喜んで。ご一緒できて嬉しいです。どうですか、最近は。お変わりなく？」

隣に座ってきた大先輩に恐縮しながらも話を振る。

「変わりないって言いたいけど、腰が痛いのよー。そうそう、シエリに言っといて。この間ＳＮＳに上げてたネイル、クソダサな上に悪趣味だって」

「ははは」

(師匠《せんせい》にそんなこと言えるわけないです～殺されます～まだ死にたくないです～)

葵が苦笑いすると、大先輩がふいっと流し目を向けてきた。

「ズバリ！　あんた、恋してるでしょ！」

「っ！」

いきなりもいきなり。目を剝《む》いて固まる葵に、「アタシってば、わかっちゃうのよねぇ」なんて嘯《うそぶ》いているんだからたちが悪い。でも葵の心臓は、図星をつかれてドキドキしている。

恋——

わかっている。凌久を想う気持ちは恋なんだって、本当はわかっている。

踏み出せない恋心を抱えてしまった。一緒にいて、こんなにしっくりくる人は二度といないと気付いているからこそ、彼の気持ちが自分と違ったとき——それを知りたくないのだ。

「あんたって、しょーもない甲斐性《かいしょう》無し男《お》ばっかりを選んだように付き合うし、俗に言うダメンズ好きなのかと思ってたけど、そうじゃなかったみたいね。今はいい男と付き合ってるみたいでちょっと安心したわ」

「心配……してくれてたんですか……？」

ろくな男と付き合ってこなかった自覚はある。あるが、それをアザミに気にかけてもらっていたことが少し意外で聞いてみると、「当たり前でしょぉ～？」と大声で叫《さけ》ばれてしまった。

「あんたなんか、アタシやシエリからみれば娘みたいなモンだからね」

「……あ、ありがとうございます」

「別にお礼言われることじゃないわよ。アタシらは子供がいないからね。あんたらが子供なのよ。結婚するならアタシに会わせなさいよ。品定めしてやるから」

「あはは……まだそういう関係じゃないんですけど……」

結婚の話どころか、付き合ってすらないだなんて言えない。

「でもすごく優しい人で……ずっと一緒にいられたらいいなって思ってて……」

口にして初めて気付く自分の望み。

（そっか……私、凌久さんとずっと一緒にいたいんだ……）

「そう思える男は逃しちゃ駄目よ。しっかり捕まえときなさい」

「……それって、どうやったらいいんでしょう？」

しっかり捕まえとけなんて言われても、どうやって捕まえておけばいいのかわからない。それができるなら、ベッドに置き去りにされる女にはならなかっただろう。どうやって凌久の気を引けばいい？　可愛い女を演じればいいんだろうか？　まさか、物理的に鎖で捕まえておくわけにもいくまいて。

アザミは、指先に金髪をクルリと絡めて笑った。

「ちゃんと自分の気持ちを伝えろってことよ。好きなら〝好き〟ってストレートに言うの。モテテクとか小手先のこと考えたって無駄よ。一生演技なんかできっこないんだから。化けの皮剝《は》がれるような真似《まね》したって意味ないの。飾らない言葉が一番刺さるのよ」

「…………」

言われてみれば、自分が欲しいのも、凌久の本音を知る言葉なのかもしれない。

一緒に過ごす時間はとても楽しいものだけれど、彼の本当の気持ちを知らないから踏み込めないところが確かにある。でもそれは、凌久にとっての葵も同じなのかもしれない。

「私……そういうのちゃんと言ってませんでした」

「だろうと思ったわよ。自分だけが不安に思ってるなんて被害妄想炸裂させせちゃ駄目よ。相手も不安かもしれないじゃない？　こういうのはどっちかが先に切り出さないとね。よく惚《ほ》れたほうが負けだなんて言うけど、惚れた相手なら負けたっていいじゃない？」

「そう、ですね……確かに……」

どこか目が覚める思いだ。

自分の想いを伝えることを、押し付けになるのではと足踏みしていたのは、結局、凌久に嫌われることを恐れていたからに他ならない。彼の失恋の痛手を思い遣《や》っているふりをして、自分の気持ちを思い遣っていただけなのではないだろうか？

ジッと考え込んでいると、こめかみをツンと突かれる。

目をぱちくりさせて振り向けば、人生の偉大な先輩の優しい眼差《まなざ》しがあった。

「あんた、去る者は追わずってタイプかと思ってたけど、わりと熱いほうなのね」

「それは……」

去る者を追ったためしがない。でも、今、凌久が自分から離れようとするなら――

「相手によりますね」

これが最後の恋ならば、なりふり構っていられない。

葵がクスッと笑うと、アザミは肩を竦《すく》めてみせた。

「本気のあんたに迫られたら男はイチコロよ。自信持ちなさい」

「ありがとうございます」

持てと言われてすぐに自信満々になれるほど自惚《うぬぼ》れちゃいないが、それでも前を向く勇気を貰った気がする。

(好きって言ったら……なにか変わるのかな……)

変わるかもしれない。変わらないかもしれない。変わるなら、いいほうに変わってほしい。

「さてと、主催に挨拶行こうかね。あんたも来てよぉ～顔見知りなんでしょ！　紹介して！」

「はい、ご一緒させてください」

アザミと一緒に主催者巡りをして、服飾デザイナーに挨拶して、自分が担当するモデルとコミュニケーションを取って。ひと通りの挨拶を済ませたら、あとはもう時間いっぱいまでダラダラ過ごす飲み会だ。大先輩も帰ったし、義理を果たさねばならない相手もいない。食事も食べた。

(うん。もう帰ってもいいかな)

最後までいる意味はないだろう。それに今日は凌久に会う日。飲み会があることは先に伝えていたから、終わったら彼と合流することになっているのだ。

『挨拶が終わったので、そろそろ飲み会を抜けようと思ってるんですけど、凌久さんの仕事は終わりましたか？』

机の下でポチポチと打ったメッセージを送信すると、すぐに返事が来た。

『俺の仕事は終わりました。近くで飯食ってたので、そっちに迎えに行きますね。溶岩焼鹿児島屋だったよね？』

『そうです』

『十分くらいで着きます』

（凌久さんが来てくれる！）

途端に嬉しくなってしまう。いそいそと自分の鞄を引き寄せているときに、斜め向かいの席の市川と目が合った気がしたが、まるっと無視した。

「すみません、今日はこれで失礼します。次回、またよろしくお願いします」

「お疲れぃ」

「葵さん、まったねー！」

手を振ってくれるニーナやモデルたちに会釈しながらお座敷をあとにする。

途中、化粧室に寄って、凌久から貰ったリップを塗り直した。凌久に会うのに、少しでも綺麗《きれい》に見られたかったのだ。

彼に会ったら……なんて言おうか。正直、まだ言うべき言葉は見つかっていない。でも彼のことを〝好き〟という自分の気持ちだけはわかっているのだ。

リップをポーチに片付けながら、鏡に映る自分をジッと見つめてみると、不安と期待が同居している。思えば、まともな恋愛をしてこなかった。なんとなくではじまって、なんとなくで終わるそんな浅い関係しか葵は知らない。でも、凌久との関係を今までと同じように終わらせたくはないのだ。

(今日、いきなり全部言うんじゃなくて、少しずつ気持ちを打ち明けていければ――)

それもまた一歩前進。

臆病な自分にできることをするしかない。まずは、〝あなたに会えて嬉しい〟と伝えたい。

(大丈夫！　私にはメイクの神様がついてる！)

自分を奮い立たせておもいっきり笑顔を作ると、化粧室を出て玄関に向かう。すると、外靴を預けた靴箱前で、黒い服の男性がひとり、うろついているのが目に入った。

(自分の靴を探している？)

と思ったのだが、振り返ったその顔を見て、葵は小さく眉を寄せた。市川だった。

「もう帰ったかと思ったよ」

そういう彼の横をすり抜けて、「今から帰るところです」と、自分の靴を取る。

葵が靴に片足を差し込んだところで、市川も自分の靴を出して履いた。

「葵、ちょっと話そう」

（……なにを話すの？）

靴を履いて背筋を伸ばす。自然消滅した男と話すことなんてないのだが。

（ああ、別れ話？）

自然消滅だったことだし、このショーの案件でこれから度々顔を合わせることになるから、キチッとけじめを付けようというんなら納得だ。

「とりあえず出ましょ」

他の団体客がこちらに歩いてくるのが見えたから、葵は市川を外へと促した。

店を出て、ピロティの端のほうに移動する。

「なに？　話って」

今更の別れ話だろうとアタリを付けながらも、とりあえず話を聞いてみる。市川は伊達眼鏡を外して胸ポケットに入れながら、軽く咳払いした。

「今度さ、いつがあいてる？」

「はい？」

想定していたのとは違う話の切り出しに、頭の処理が追いつかずに聞き返してしまう。どうして予定を聞かれているのか？

「またふたりで会いたいじゃん？　飯食ってさ、ま、いろいろ……」

「………」

チラチラと思わせぶりな視線を飛ばされて、ゾワッと鳥肌が立った。

「会いたいじゃん？」だなんて、こちらも会いたいと思っているように言うのはやめてほしい。しかも、いろいろだなんてとんでもない話だ。

「私たち、そういう間柄じゃないと思うんですけど」

胸の前で腕組みして、嫌悪感丸出し完全拒否の体《てい》を取ると、市川がくねくねと身を捩り、笑いながら迫ってきた。

「いやいやいや、俺ら付き合ってんじゃん」

（なんの冗談よ！）

ＡＤと付き合ってる話や、フリーだと公言している話は又聞きだとしても、そもそもあんな態度を取っておいて、まだ葵と付き合っているつもりなんてどうかしている！

「私の連絡を無視したのは市川くんでしょ。私はもう終わってると思ってるんで」

「葵さぁ……ちょっと連絡してなかっただけじゃーん？　なに？　寂しかった？　ごめんごめん。これからはもっと頻繁に連絡するからさぁー」

微塵《みじん》も悪いとは思っていなそうな間延びした声に神経が逆撫《さかな》でされる。二ヶ月がちょっとだと言うのなら、ますます価値観が合わない。どうせ都合のいい女が捕まらなくて、このままだと夏の休暇をぼっちで過ごす羽目になるとか、そんなどうでもいい理由からだろう。葵でなくてはならない理由なんてないのだ。

「市川くんの中では終わってなかったんなら、とっとと終わらせておいて。じゃあ、私、これから人と待ち合わせしてるんで、もういい？」

これ以上付き合っていたくなくて、立ち去ろうと踵《きびす》を返す。だがガシッと腕を掴《つか》まれた。

「は？　どういうこと？　おまえ、もう他に男いんの？」

「だったらなに？」

掴まれた腕を振りほどいて無愛想に睨《にら》みつけると、市川の目が一気に吊《つ》り上がった。

◆　◇　◆

「よし！　終わった！」

営業本部長として与えられたカヴァリエの執務室で、凌久は競合分析・市場調査と題されたプロジェクトファイルを閉じて、パソコンの電源を落とした。

カヴァリエは老舗《しにせ》の広告代理店だが、そこに胡座《あぐら》をかくわけにはいかない。競合他社の動向分析は必須事項。市場調査を通じて、市場のトレンドや顧客のニーズを把握し、営業戦略を最適化していかなければ業界で生き残ることはできないのだ。市場調査の他にも、営業営業戦略の策定、営業プレゼンテーション、売り上げ・業績の管理、社内連携と協力、新規ビジネスの開拓、顧客対応との交渉、顧客関係の維持・拡大等々……営業本部長としての凌久の仕事は多岐にわたる。データの分析なんかは得意なので苦にはならない。顧客との飲みニケーションのほうが苦痛ではあるのだか……凌久の立場では逃げられない。長男は運営、次兄は企画、三男である凌久は営業。こうして役割分担することで、次世代のカヴァリエを担っているのだ。

（ずっとデータ分析だけしていたいもんだけどな）

無理なことだとは思いながらも、凌久は窓際のハンガーラックからジャケットを取って、颯爽《さっそう》と羽織った。会社を出た足でそのまま帰宅はせずに、駅へと向かう。

今日は葵と会う約束をしている。今日の彼女はファッションショーの打ち合わせが入っており、その後ショーのスタッフ全員で親睦会を兼ねた飲み会がこの駅の近くであるので、会うのはそのあとだ。

国内で行われる数少ないショーのひとつに、三年連続で呼ばれている葵の実力は確かなもの。以前、葵の仕事ぶりに探りを入れてみたのだが、現場からの評価も高い。真面目だし、タレントには気さくに接する姐《あね》さん肌で、指名依頼がかなりあるようだ。勝手ながら鼻が高い。彼女の信念は必ず実を結ぶだろう。それを横で応援できたらどんなにいいか。

（あーやばい。好きだ。早く会いたい）

凌久はこぢんまりした個人経営のハンバーガーショップに入った。実はここ、何度か来たことがあるのだが、かなり旨《うま》い。カヴァリエが仕事を受けている雑誌の特集に、この店が載って話のネタついでに立ち寄ったのがきっかけ。食べてみたら好みの味で、ふた月に一度くらいのペースで通っているのだ。今日は店長お薦めマークの付いたアボカドとテリヤキのバーガーにする。

葵と出会って二ヶ月。正直、付き合いたい。

毎日メッセージのやり取りをしているし、毎週二、三日は会ってる。凌久が付き合ってきた歴代彼女より高頻度で会っているし、メッセージのやり取りも断トツで多い。彼女よりも彼女扱いしているといっていい。今まで苦痛でしかなかったセックスが楽しくて気持ちいい以上に、彼女自身に惹《ひ》かれてやまない。

価値観は合うし、取り繕う必要がない。そしてなにより、自分の一番の欠点が彼女の前では普通なのだ。付き合ったら絶対に上手くいく確信がある。凌久はバーガーを齧《かじ》りながら、口元に付いたソースを軽く指で拭《ぬぐ》った。なかなか味がいい。食べ応えもある。

(ってかこれ、付き合ってるって言ってもいい状態では?)

と思うのだが、葵からは付き合ってほしいとも、好きとも言われていない。自分だけが舞い上がっている気もするし、正直、どこまで踏み込んでいいのかわからない。

(でももう、そんなこと言ってられない。こんなに夢中になるなんて思わなかった。付き

合ってほしいって俺からちゃんと言おう）

食べ終えたバーガーの包みをくしゃくしゃと丸めて、アイスコーヒーのストローに口を付けた。

今日は葵を自宅に招待することにしている。葵の飲み会が行われるこの駅の徒歩圏内に、凌久の住むマンションがあるのだ。謂《い》わばホーム。彼女とは今まで外で会ってきたが、凌久としては告白をきっかけに彼女との関係を一歩先に進めたいと思っている。彼女が自分を選んでくれることを望んでしまうのだ。家なり暮らしなりを見て、判断材料のひとつにしてもらえればそれでいい。

（でも身体だけの関係がいいって言われたら、それはそれでショックなんだけどな……）

外に行き交う人々を眺《なが》めながら、葵に初めて声をかけられたときを思い出す。あのエピソードだけを振り返れば、彼女は……こう……端的に言って、性に対してかなりオープンな性格に見える。でも、彼女が持つ身体の悩みは、凌久自身にも通じるところがあって、追い詰められた末に突飛な行動を取ったんだろうということは想像できるのだ。だからあれが彼女の素だとは思っていない。思っていないが……

（……葵さんが他の男でも試したいって言い出したら……）

他の男と絡む葵を想像しただけで、一気に憂鬱《ゆううつ》になった。軽く死ねる。

自分はこんなに葵のことが好きなのに、彼女はそうでもない可能性だってあるのだ。

会うたびに彼女を抱いている。彼女が望むから——でもそれは言い訳で、凌久自身もそれを望んでいるから。ひと晩に何度も抱いて、別れ際ギリギリまでキスしてる。

（二回目に会ったときに寝たのがダメだった……なんであのとき寝たし、俺……）

疼《うず》くこめかみに親指を押し当てて唸《うな》る。抑えが効かなくなってしまったのは、確実にあの日だ。葵が熱っぽく見つめるから。その結果、身体目当てと取られてもおかしくない状態になってしまっている。

（この状態を払拭《ふっしょく》するには、やっぱり俺から告白しないと……！）

それ以外にない。考えたくはないが、葵が身体だけの関係がいいと言ったら……それでも共にある未来を考えてくれないかと懇願するだろう。少なくとも、自分以外の男とは関係を持たないでほしい。自分の心臓があんな音を立てるのを初めて聞いたのだ。一生かけて愛するから、愛してほしい。

葵は——自分の運命の人だから。

そうしていると、テーブルの脇に置いたスマートフォンが震えた。

『挨拶が終わったので、そろそろ飲み会を抜けようと思ってるんですけど、凌久さんの仕事は終わりましたか？』

待ち望んでいた葵からのメッセージに浮き足立つ。返事を打つ指も軽やかだ。

彼女のいる会場の店までそう遠くはない。凌久は手早くトレイを片付けると、足早に店を出た。

（あっつ）

外の湿度が高い。きっと今夜は熱帯夜だ。走ると汗をかきそうだが、それでも早く葵に会いたくて小走りで店へと向かう。

目的の店が見えてきた。店の玄関口ではなくピロティに人影が見える。ひとつは葵。他にも人がいるようだが、おそらくショーの関係者だろう。話し声がする。

「あお――」

「――――っ！」

声をかけようとしたとき、耳に入ってきた男の声に凌久の神経は一気に逆立った。

◆　◇　◆

飲み会会場となった飲食店のビルのピロティで、葵は自分の腕を掴む手を苦々しい思いで見つめた。

「手は商売道具なのよ。離してくれない？」

この手で繊細なメイクを、美しいヘアスタイルを生み出すのだから。だが、相手の男――市川は手を離さない。

「どの筆握る商売だよ？　ああ？」

「………」

言われた言葉の意味はわからなくても、罵《ののし》られたのは雰囲気でわかる。どうせろくな意味じゃないいんだろう。

「離して」

「普通に浮気だろ。俺は別れたつもりはねぇぞ」

暴発早漏をやらかした直後にお別れメッセージなんて送ったら、男のプライドをズタボロにしてしまうと思って自然消滅を図ったのだが、要らぬ気遣いだったようだ。

「アレでまだ続ける気があったの？　逆にびっくりよ。私は無理」

葵だって、ホテルに置き去りにされたのは初めてではなくても、それなりにショックだったのだから。あのときの惨《みじ》めさを思い出した葵が小さくため息を吐《つ》くと、市川がカッと顔を赤くした。

「お、俺を馬鹿《ばか》にしてんのかよ！　あ、あのときはちょっと体調が悪かっただけだって言っただろう⁉」

（アレってのは、あんたのアレがクッソ早いって意味じゃないって……）

葵にそういう意図はなかったのだが、当人にその心当たりがあるせいか、もうそれ以外しか見えなくなっているようだ。「そうじゃない」と言ったところで、こういう手合いは受け付けやしないんだから。男から顔を背け、飛んでくる唾を避《さ》ける。

（ってか、自分はフリーって他の子に言ってるんでしょうに……今更私に構わなくったっていいじゃん）

「は、面倒くさ……」

心底ゲンナリしてきたせいか、胸中の呟きが小さく口から外にこぼれ出ていたようだ。

「葵、おまえなぁ！」

「？　どーしたん？」

ひょっこり聞こえてきた間延びした声に視線をやると、男の人が近付いてくる。黒服なのに加えて、今日葵も貰った赤い紐が特徴のネームタグを首から提げているのを見るに、葵らと同じくショーの裏方スタッフか。名前は知らなかったが、そういえばさっきの飲み会の席にいたような気がする。

「お疲れ様です」

葵が挨拶すると、向こうからも「おつです～」と返ってくる。

（助けてくれる？）

目配せすると、向こうは葵と市川を交互に見て、市川が葵の手を掴んでいることに気が付いたようだった。

「え、なに？　ふたりは付き合ってるっすか？」

「冗談よして。帰りたいのに絡まれてんのよ」

葵が目つきを鋭《するど》くすると、市川がふてぶてしく舌打ちした。

「付き合ってたんだよ。こいつが他に男作るから……」

「自分はフリーだってモデルの子に言ってたんじゃなかった？」

たまりかねて葵が突っ込むと、市川は一瞬口ごもって、「話の流れでそう言うこともあるだろ⁉」と宣《のたま》った。表に出るモデルやタレントたちが自身のイメージのために、「恋人はいません！」と言うのは理解できても、所詮《しょせん》は裏方にすぎない市川が嘘を吐くのは理解できない。

「市川くんはフリーで、私は他に彼氏がいる。なにか問題でも？　終わってるんだからもういい加減に離してよ」

葵は力いっぱい手を振りほどこうとしたが、逆に引っ張られた。その力任せな強引さを耐え忍ぶのに、十センチのピンヒールはあまりにも無力だった。あっという間にバランスを崩し、つんのめって地面に膝を突く。今日は打ち合わせだけだと思ってこの靴を選んだが失敗だった。そんな葵を市川は残虐な目で見下ろしてくるのだ。

「都合のいいことだけ言ってんなよ。おまえが浮気してることに変わりねーだろうが。はー。俺ひとりじゃ満足できないって……ホントおまえ節操ねぇな。男なら誰でもいいのかよ」

市川は言いたい放題言うと、スタッフに向き直った。

「悪ぃんだけど、おまえも一緒に相手してやってくれる？　知らねーところで男作られるくらいなら、知ってる奴と見てる中でヤらせたほうがまだマシだわ」

「な⁉」

飛び出してきた放言に目を剥く。いっときの間でもこんな男に気を許していたのかと、過去の自分の失態に目眩《めまい》がした。今までの男たちが自然消滅したからと、安心するんじゃなかった。市川がこんな形で逆上してくるタイプだったとは。話なんて聞くんじゃなかった。ふたりになるんじゃなかった。

「市川さん健気《けなげ》っすね。あ、俺は3Pでも全然平気なんで」

あとから来たスタッフは助けてくれるどころか、ニヤついてそんなことをほざく。

「こんな好き者でも俺の女だし。彼氏として彼女が満足できるようにしてやらないとな。こいつ、かなりいい身体してるから、それは保証するよー。挿《い》れて速攻昇天しないように気を付けろよー」

「えぇー。マジっすか。普通に楽しみなんですけど。あ、アレ使っていいです？　いいの入ったんですよぉ～」

「いいじゃん。俺にも分けてよ」

市川はスタッフに車を回してくるように言うと、葵の手を引っ張って無遠慮に顔を近付けてきた。

「おまえみたいな気の強い女を素直にするモノがあんだよ。ふたりがかりで今度はしっかり満足させてやるよ。ぶっ壊してやっからな」

自分に向けられる男のおぞましい視線に、肌がブワッと粟立《あわだ》った。

（逃げないと……）

でもどうやって？　摑まれた手が離れない。ギュッと唇を嚙《か》んだそのとき——ドゴッと派手な音がして市川が倒れ込んできたのだ。カラカラと音を立てて市川のポケットから眼鏡が吹き飛んでいく。驚いて飛び退《の》こうとした葵だが、膝を突いていたために叶《かな》わず、巻き込まれるように尻もちを付いてしまった。

「きゃぁッ⁉」

「いって——！　なんだよ⁉」

怒鳴りながら背後を振り返った市川の顔が、大きな手でガシッと鷲摑《わしづか》みにされるのを見て、葵は大きく目を見開いた。

「その手を離せ。ゲスが」

今まで何度顔を合わせても聞いたこともない低い声に、一瞬、誰かわからなかった。

「凌久、さん？」

「葵さん、大丈夫？　ちょっと待ってね、こいつ片付けるから」

凌久は呆《ほう》けた葵にいつもの人懐っこい笑みを見せたが、市川に目をやった途端にその笑みを消した。完全に決まった脳天締めに、鈍い呻《うめ》き声を上げている市川の後頭部を、容赦なくコンクリート壁に押し付ける。市川も市川で、自分の頭を押さえつける凌久の手を両手で摑むが、彼にみぞおちに膝蹴りを入れられてその場に崩れ落ちた。

「な、なんだよいきなり！　ゴホッ……んなことしていいと思ってんのかよ‼」

腹を押さえて蹲《うずくま》りながら悪態をつく市川を睨み返して、凌久は鼻で嘲笑《あざわら》った。

「いいに決まってるだろ。あんたがろくなことしようとしてないのは聞いてたからな。ふたりがかりでなにするって⁉　ふざけんなよ」

「クズが」と吐き捨てて、自分のスーツのジャケットを軽く整えた凌久は、座り込んだままの葵に手を差し伸べてくれた。

「帰ろう、葵さん」

「うん……」

凌久の手を借りてなんとか立ち上がったものの、恐怖から膝がガクガクする。まだ歩き出せないのを誤魔化すように服に付いた砂を払っていると、車を取りに行っていたスタッフが戻ってきた。

「市川さん⁉　どうしたんすか⁉」

未だに蹲っている市川に駆け寄るスタッフを、凌久の鋭い視線が捉えた。

「おまえも、顔覚えたからな。おまえら絶対後悔させてやるよ」

「へ？　えっ、なに、誰？」

動揺したスタッフの声を無視して、凌久は葵をサッと横抱きに抱え上げた。

「ちょっと我慢してね」

「う、うん」

たぶん、葵が歩けないのを察してくれたんだろう。凌久は葵を抱きかかえてでも、この場から離れることを優先したようだった。

背後から突き刺さる苦々しい視線。店から出てくる人や、路上を歩いている人たちの視線を浴びながら、凌久は黙々と足を前に運ぶ。そんな彼の胸に顔を埋《うず》めて、葵はやっと息をつくことができた。強気に言い返したりしていたが、自分でも意識できないくらいに虚勢を張っていたようだ。

「……葵さんにとって……俺はなに？」

葵を抱いたまま、凌久は前触れなく呟いた。その声はどうかすると小さくて聞き漏《も》らしてしまいそうだったけれど、葵にはちゃんと聞こえた。

「凌久……」

顔を上げて目に入った凌久の顔は、外灯に照らされて影を帯びている。前を向いているのにとても苦しそうで、それは初めて会ったときの表情と似ている。しばらく見なかった、儚《はかな》く消え入りそうな、あの雰囲気。

「あの人が本命で、俺が浮気相手……？」

「違う！」

葵が咄嗟《とっさ》に声を張り上げると、凌久は少しだけ笑ってゆっくりと下ろしてくれた。いつの間にか駅近の公園に来ていたようで、ベンチに座らされる。

公園は人気がなく寂寞《せきばく》としていて、葵の座ったベンチをスポットライトのように照らす外灯は、同時に凌久の後ろに長い影を作っていた。

凌久は座った葵と目の高さを合わせるように片膝を突いて、そっと手を握ってきた。

「わかってる。葵さんがそういう人じゃないのは、わかってるんだ。でも、俺たちちゃんと付き合ってるわけじゃなかったから……これは俺が悪いんだけどね。葵さんに甘えて、ズルズルと関係だけ持って、ほんとよくなかったと思ってる。ごめん」

葵は黙ったまま、ブンブンと強く顔を横に振った。

（こわい……）

怖い。凌久に謝られた。この次はなんて言われるんだろう？　嫌われたくない。この人に嫌われるのが怖い。

彼は過去の彼女たちにずっと浮気されてきたと話していた。自分が浮気相手なのかと聞いてきたとき、彼はどんな気持ちだっただろう？　凌久は葵が浮気する人間じゃないと言ってくれたが、市川は別れていないことを強調していた。彼が、市川と葵のやり取りをどこから聞いていたのかは知る由もないが、いい気はしなかっただろうに。あれを聞いて、本命が市川で、自分はセックスだけの外注先なのかと……疑う気持ちが生まれたとしても、悲しいが葵は文句なんか言えない。

なぜなら、葵と凌久は付き合っているわけではないから。確かなものなどふたりの間にはなにもないのだ。それでも助けてくれた。彼は助けてくれたのだ。凌久を思うと胸が苦しくなって、ポタポタと涙があふれてきた。

「わ、私も、悪いの、ご、ごめん、なさい……」

あなたを利用してごめんなさい。好きになってごめんなさい。

「私……私、あなたのことが――」

「待って」

唐突に人差し指を唇に押し当てられて、目を瞬《またた》く。困惑する葵を前に凌久は、ふわっと笑った。

「俺から言わせて」

葵の唇から手を退《ど》けた彼は、握った手を両手で包み込んで、葵の目を真っ直ぐに見つめてきた。

「俺は葵さんが好きです。もう葵さん以外に考えられない。ずっと俺と一緒にいて。俺だけを見て。俺を好きになって……」

「………」

また涙が流れた。

（……私を好き……凌久さんが……）

「身体だけの関係はいやだ。そんなの堪えられない。あなたが泣いていたらこうやって涙を拭ってあげたいし――」

あたたかい手が濡《ぬ》れた頬に触れて、そっと涙を拭う。いつも葵に触れる優しい手は、変わらず優しかった。

「――俺はあなたの全部が欲しい。愛してます」

一拍置いた凌久は、少しだけはにかんだ笑みを浮かべた。

「俺の言いたいことはこれだけ。ごめんね、さっき、話しかけていたのに遮って。葵さんの話も聞かせ――」

「好き」

ポロリとこぼれた言葉は、あふれた気持ちそのままだ。シンプルなそれは一度口にしたら、もうとまらなかった。

「私も好き。凌久さんが好き。ずっと一緒にいたいの……い、言っていいのか、わからなくて……私、私……」

涙がとめどなく流れていく。凌久は葵の頬を何度も撫でて、しまいには胸に抱き締めてくれた。

「嬉しい。すごく嬉しい。一緒にいよう？　俺たち、一緒にいたら幸せになれると思う」

「うん、うんっ！」

あたたかい凌久の腕の中で葵は何度も頷《うなず》いた。

凌久が自分と同じ気持ちでいてくれたこと。好きな人のたったひとりに選んでもらえたことが、なにより嬉しい。欲しかった幸せが、凌久の形をして目の前にある。自分には無理だと半ば諦めていたのに、彼に出会って一変した。

縋《すが》りつくように彼に手を回すと、頭が丸みに沿って撫でられ、そのまま額に口付けられた。

「今日、俺のうちに来てくれる約束だったの覚えてる？」

少し掠《かす》れた声に頷いて顔を上げる。するとじんわりと頬が赤くなった凌久と目が合った。

◆　◇　◆

――ガチャン。

「はぁ、はぁ、はぁ……ん、んっんぅ……は……あっ……」

熱い。

玄関ドアが閉まるより早く、葵は凌久によって唇を塞《ふさ》がれていた。目が回るほど身体が熱い。

連れてこられたのは凌久のマンション。オートでついた暖色系の灯りの中で、お互いを抱き締めて夢中になって唇を合わせる。口内に捻《ね》じ込まれた彼の舌が触れたところが熱い。口蓋《こうがい》から舌先、舌の付け根まで順になぞられるのが気持ちよくて、ため息がこぼれる。下唇を甘く噛まれて、背筋がゾクゾクして力が抜けた。そんな葵の背を壁に押し付け、腰を抱きながら凌久は葵の頬を撫でてジッと見つめてくる。

「本当に俺でいい？　こんな俺で……」

凌久の瞳が大きく揺れている。

「あなたが……いいの」

葵がそう答えると、彼は安心するように目を閉じて、また唇を合わせてきた。触れた唇が強く吸いついてきて離れない。

──あなたこそ、私でいいの？　とは聞かなかった。その応えを今、このキスで貰っていると思ったから。

さっきまで優しく頬を撫でていた手が指が食い込むほど強く乳房を揉《も》み上げ、支えるように腰を抱いていた手がスカートをたくし上げて、ガーターベルトの間を縫ってショーツの中に手を滑り込ませ、尻肉を掴む。下腹に押し付けられた硬い物が熱くいきり勃《た》って、布越しにもわかるほどビクンビクンと脈打って――

（あ……）

それを葵が意識した瞬間、じゅんっと子宮が疼いて身体が浮き上がった。

「ひゃ⁉」

凌久に抱き上げられたのだ。彼は葵を抱えたまま真っ直ぐ大股で歩き出し、葵はぽすんっとソファに座らされた。間髪を入れず、座面に片膝を突いた凌久に、両頬を包まれて上を向かされ、唇を奪われる。

「んっ、は……んぁ……は……」

そのままくちゅくちゅと舌を擦り合わせながら、とろっとした唾液が口内に流れ込んできて、葵は喘《あえ》ぎながら呑《の》み下した。ソファの背もたれに身体を押し付けられ、動けない。凌久は無造作にスーツのジャケットを脱いで、自身を拘束するネクタイをむしり取った。

「葵さん……ごめん、もう我慢できない」

葵は息を呑んだ。熱に浮かされたその眼差しは葵に伝播《でんぱ》して、身体を火照らせる。目の前の男《ひと》が愛おしい。愛おしくて、愛おしくて、彼を全部抱き締めたい。葵は凌久の背に両手を回して、彼を抱き寄せながら頷いた。

「っ！」

息をする間も惜しむように凌久がガチャガチャとベルトを外すと、彼がスラックスの前を完全に寛《くつろ》げきるより早く、聳《そび》え勃った一物が勢いよく跳ね上がった。それと同時に、葵はズルリと腰を引き寄せられ、首をソファの背もたれに支えられる格好で、座面に背を付く。スカートの中に入ってきた手に、大きく脚を割り広げられて目を見開いたときには、噛みつくようなキスに襲われる。でもそのキスのひとつひとつが、葵を求めている証し。葵は力を脱いて目を閉じた。

身体の内側から鳴り響くこの恋の鼓動を、今は信じて全部受け入れたい。正しい出会いじゃなかったけれど、この気持ちは間違いなく自分を抱き締めているこの人に向かっているから。

葵の鼓動が彼のそれと重なった瞬間、葵の中に剝き出しの男の熱が入ってきた。

「はあ――ンッ、ああっ！」

真上から伸しかかるような強く鋭い打ち込みに、突き抜けそうになるほど深く身体の奥底まで貫かれる。硬い。硬くて、太い。熱をうつされた身体が熱い。強引に咥《くわ》えさせられた熱の塊に、脊髄がゾクゾクする。無意識に閉じようとした脚を、凌久が膝を摑んで強引に割り開く。引き伸ばされたスカートがもう限界だと腰まで捲《めく》れ上がり、役割を放棄した。

「だめ。逃げないで。受け入れて。は……はぁはぁ……俺を、全部……」

凌久は息を荒らげながらそう言うと、出し挿《い》れするスピードを上げた。

「あ……」

張り詰め、青筋立った雄々《おお》しいそれが、ショーツのクロッチを脇に避《よ》けて、自分の身体に入っていく様を見せつけられて、ぶるっと震えた。

ぐっちゃぐっちゃと音を立てながら、何度も何度も繰り返し出し挿れされるそれは、蜜口をこれ以上ないほど広げている。覆《おお》う物がないせいか、いつもより熱い。根元までぬらついていて、ほぐされていない女の路を我が物顔で蹂躙《じゅうりん》していく。いや、こうやってほぐしてやると言わんばかりに下から抉《えぐ》るように腰を遣われて、頭が真っ白になって一気に濡れた。

「──っあ、はぁっ！」

もう何度も身体を重ねたはずなのに、奥まで来られると、そのたびに意識が飛ぶ。ゴシゴシと媚肉を掻《か》き分け、擦られることで与えられる甘い快感。ズンズンと奥処《おくか》を突き上げられると、女の本能が呼び起こされて、自分でもどうしようもないくらいにぐずぐずに濡れて、お腹の奥がきゅんきゅんと疼く。蜜路が催促してうねり、ヒクヒクする。

（……もっと……されたい……もっと……もっと抱いて……して……）

求められたい。女として強く求められたいのだ。彼になら、なにをされても構わないから、奥までいっぱい挿れて、めちゃくちゃに突いてほしい。

「ん、ぅ……あぁ……あぁ、ん、ぃ……いい、はぁはぁ……あぁ…いく」

「っ！　ああ、すごい。締まる……気持ちいい？　ここが好き？」

凌久は葵の膝裏を押さえつけ、体重をかけながら奥を念入りに掻き回しながら突き上げてくる。細かいリズムで奥ばかりをしつこく攻められて、呻きながら頭を左右に振っていた。そこが葵の好《い》い処《ところ》だと、もう知られているのだ。彼が見つけた彼だけの処。なにもかもこの人に暴かれる……

今度は大きなストロークで、手前から奥までずずずっと擦られて、被虐感《ひぎゃくかん》に酔った女のカラダが〝気持ちいい〟と反応して、隘路《あいろ》がぎゅうぎゅうに締まってしまう。挿れられた物のカタチがわかるほどに肉襞が絡み付いて、その絡み付いた襞が熱くなるまで念入りに擦られた。

「好きだよ。好き……っ……あ、はぁはぁ……ね、俺の側《そば》にいて？」

少し息を荒くした彼の声と、懇願と愛欲混じりの眼差しにゾクゾクする。抑えてきたあらゆる感情を解き放って、お互いに隠すことをやめて求め合う。

「うんっ、うんっ、いる、いっしょ、いる……んんっ……あっ、あぁぁ！　んぅ〜」

一気に上がった悲鳴を唇で塞がれて、葵はソファと凌久に挟まれながら身を捩《よじ》った。それすら上体で押さえつけられて、奥まで受け入れさせられる。子宮口を連続で突かれる中で、凌久が低く呻きながら眉を寄せた。

「う――」

（あぁ……もぉ……だめ、きもちい、きもちいい……）

上からも下からも大好きな人が入ってくる。大好きな人で満たされる。その幸せに目覚めた身体が芯から震えた。

「ひぅ～～～っ‼」

仰《の》け反《ぞ》りながらビクビクと痙攣《けいれん》する全身に力が入らない。

「はぁはぁ……あ、はー、はー、はー……」

ゆっくりと唇が離れて、舌がほどけるのと同時に垂れた唾液が口の端にこぼれる。それを拭うこともできずに、葵はただぼんやりと凌久を見つめていた。

ねっとりと下から伸び上がる動きで隘路を掻き混ぜられ、雁首にお腹の裏を擦られるのが気持ちいい。ビクビクと腰を疼かせながら頷くと、熱い手で頬を撫でられる。

「こうやって気持ちよくさせるのも、限界まで奥に入れるのも俺だけでしょ？　こんなこと他の男にできないでしょ？」

そう言いながら、ウエストから差し入れた手で服と同時にブラジャーを捲り上げ、葵の白い乳房を剝き出しにすると、食らい付くようにむしゃぶりついてきた。

「んっあぁ！」

右の胸を揉みながら、左の胸に吸いついて、乳首を甘嚙みされると、自分が食べられているみたいに感じてしまう。口に含まれた乳首が舌全体を使って舐《な》め上げられ、口蓋に挟んで扱《しご》き吸われる。乳首を吸われると蜜穴がぎゅっぎゅっと締まって、恥ずかしい。でもその羞恥心《しゅうちしん》も今更なのかもしれない。このカラダのどこが弱いのかも、感じやすいのかも、全部彼に暴かれてしまっているのだから。こうしてソファに押し倒され、襲われるように余裕のないセックスをされても、相手が凌久というだけで、ぐちゃぐちゃに濡れて感じてしまう。きっと、挿れられただけで気をやってしまったことも知られているだろう。

凌久は左右の胸を交互にしゃぶって唾液で濡らすと、同時に指で摘《つ》まんで勢いよく腰を打ち付けてきた。

「あああっ！」

快感で飽和した女のカラダが連続で侵されて、脳が蕩《とろ》ける。その力強さに抗《あらが》えない。押し付けられた鈴口で、子宮口をこじ開けるかのように擦られて、つま先をきゅううっと丸めて痙攣した。

また達してしまった。もう本能で屈伏してしまう。ふわふわして身体が宇宙に浮かんでいるかのように感じた。出し挿れされることでほぐされた隘路は、凌久の漲《みなぎ》りに甘えて縋りつく。もっと、もっと、もっと――……ずっとこの人に抱かれていたい。

たまらず腰がくねって、はしたなく自分から快感を貪《むさぼ》りに行く――が、その腰は凌久の両手に強く押さえつけられて、動きを封じ込められた。

「もっとだね？　大丈夫、俺がしてあげるから。ただ感じていて」

葵の心を読んだ凌久が、雁首の上のほうでお腹の裏側をゾリッと擦ってきた。蠢《うごめ》く媚肉を掻き分け、角度を持たせて強く打ち付けられる。前後の動きに加えて、その巧みな腰遣いにクラクラする。

気持ちいい。こんなの気持ちよすぎていけない。強すぎる快感を逃そうと、腰を引いたが動けなかった。なぜなら、凌久の両手にしっかりと摑まれていたから。まったく休ませてもらえない。それどころか、執拗《しつよう》に中を掻き混ぜられる。強制的に与えられる快感に、葵は甲高い声を上げた。

「ああっ！　う、うああっ！　いく……いく、いっちゃうから、だめぇ、またいっちゃうの！　まって、まって、まってぇ」

「待たない」

短い宣言にブツンと意識が飛ぶ。

「あああっ！」

葵は身体を大きく痙攣させながら、快感の海に墜《お》ちた。気持ちよすぎる波が次から次へと押し寄せてきて、葵を呑み込んで沈める。幸せすぎて涙が出た。

「はぁはぁ……いぅ……う、ううう……はぁはぁ……あう……」

嗚咽《おえつ》に似た声に力はなく、喘ぎ声というよりはむしろ呻き声になって、葵の口から漏れる。ここまでいくと、逆に痙攣すらやんで、だらんと力が抜けた。無理やり流し込まれた快感に、肉体と精神が音《ね》を上げて、壊れたように力が入らない。なにも考えられない。ただもう、受け入れるだけ。凌久の肩に担がれた脚がゆさゆさと揺れて、乳房が吸われる。

「っく！　いく、ああ、気持ちいい……はぁはぁはぁ……、出る、出る……ああっ！」

射精感の高まった漲りを勢いよく引き抜かれ、「んっ！」と小さく息を呑む。蜜穴をみっちりと隙間なく埋めていたそれがなくなると、白くとろとろの愛液があふれてくる。

蜜口から覗《のぞ》いた桃色の肉襞は、絶え間なくヒクついていていやらしい。彼はそこをゆっくりと撫で回すと、葵の中に二本の指を滑り込ませてきた。漲りで徹底的に突かれてほぐされた隘路は、容易《たやす》く指を呑み込んで締め付ける。凌久は三本目の指も挿れると、お腹の裏をトントンと押し上げてきた。そんなことをされたら、またカラダのスイッチが入ってしまう。

「ひぅ……あぁ……や、ゆびは……」

「葵さん、ここじゃゴムないから、ベッドに行こう?」

切羽詰まった声で囁《ささや》かれてゾクゾクする。

「ここで続けたら、中に出しちゃうよ。俺はそれでもいいけどね。そしたら何回も出しちゃうけどいい?」

挑発的な言葉に刺激されて、勝手に想像してしまう。あふれるほど中に注がれて、それでもこの人に抱かれる自分を。

「ああ……葵さんは俺の女《もの》だって痕《あと》残さなきゃ……」

つーっと首筋を舐められて、そのまま肌を強く吸われる。そして凌久は同時に、ぬれぬれになった蕾《つぼみ》を親指で優しく捏《こ》ねて、葵の耳の中に舌を挿れてきた。くちゅくちゅと舌先で耳の中をくすぐりながら、蕩けた蜜穴を指で掻き回して侵す。

「ああっ、あっ、あん、あーあー、やっん！」

張りとは違う処を指で擦られて、カラダが新たな愉悦に染まる。

「俺が一回で終わるわけないって知ってるでしょ？」

「ああっ！　ゆび、だめ、んんん〜っ、いく、やぁ、ぁ、ふ――」

「答えないと、俺の好きにしちゃうよ？」

そんなこと言われても、答えられない。葵の唇からは喘ぎ声ばかりが上がる。葵をそうさせているのは、他の誰でもない凌久なのだ。葵は翻弄《ほんろう》されながらも、彼に身を委ねるしかない――いや、委ねたかった。

「〜〜〜っ！」

堪えきれなくなって、ぴちゃっと快液が飛んでしまう。

「可愛い。指で気持ちよくなっちゃった？」

凌久はゆっくりと指を引き抜くと、ビンビンに張り詰めた張りを葵の中に挿れてきた。

「指もいいけど、俺のこれで気持ちよくなって？」

自分の苦手分野が葵相手に限っては、一番の得意分野になることがよくわかっているのか、彼はニコッと笑って腰を繰り出した。

◆　◇　◆

「ん……」

葵がぼんやりと目を開けると、目の前に綺麗に整った男の顔があった。素肌にシーツをかけて、無意識なのか葵の肩を抱いて眠っている。亜麻《あま》色のサラッとした髪が、少し寝癖を作っていて可愛らしい。

少し辺りを見回してみたけれど、時計がない。自分のスマートフォンもないから時間がわからなかった。お昼くらいだろうと、なんとなくの当たりを付ける。

この人が自分を抱いた。別に初めてでもないのに、妙に感慨深い。それは彼と気持ちが通じ合ったからかもしれない。あれから彼にこのベッドに連れ込まれ、葵は散々翻弄された。脱がされて、舐められて、挿れられて……でもそれが心地よかった。ただ快感のために身体を重ねるのではなく、あれはお互いの気持ちを確かめ合うための行為だったから。

回数を考えるのはやめよう。

（とりあえず、腰が痛い……）

普段から長時間立ち仕事の葵だ。足腰にはかなり自信があるが、今は身体が悲鳴を上げている。筋肉痛なんて何年ぶりだろうか？　伸びをするように軽く身じろぎすると、凌久の瞼《まぶた》が持ち上がった。

「ごめんなさい。起こしちゃった？」

謝る葵を、凌久は寝ぼけまなこのまま、ぎゅぅうと抱き締めてきた。

「……好き」

それは葵の言葉に対する返事ではなかったけれど、確かに葵に向けられた言葉で、胸の奥があたたかくなって自然と頬が緩む。

「私も好き」

彼の胸に頬を寄せると、瞼にキスされる。瞼から降りてきた彼の唇は、葵の唇を軽く噛んで、首筋へと流れて乳房を吸う。それと同時に、背中からくびれた腰を滑り凌久の手が不埒《ふらち》な動きをはじめた。尻の丸みを確かめるように撫でると、葵の膝を足で割り広げ、身体をピタッとくっ付けてくる。そうしたら下腹の辺りに、昨日葵を散々啼《な》かせた物が、本人よりも確実に起き上がっていて、葵は笑顔のまま釘《くぎ》を刺した。

「もう無理だからね？　すっごく腰が痛いの」

「…………」

凌久が一時停止ボタンを押されたように固まる。

顔を上げた彼は、綺麗な瞳を潤《うる》ませて葵をジッと見つめてきた。

「ごめん。俺、しつこかった？　しつこかったよね？　嫌いにならないで……」

嫌いになんかなるわけないのに。でも彼にはそれでフラれてきた経験があるわけだから、こんな表情《かお》になるんだろう。だがそれも可愛くって抱き締めたくなる。

「嫌いになんかならないよ。言ったでしょ？　好きって」

彼を胸に抱いて、絹糸のように指に絡む髪を梳《す》いて頭を撫でると、ホッとしたように目を閉じる。

「……ああ、よかった。拒否られたら閉じ込めようかと思った……」

「ん？　なにか言った？」

胸元で凌久がなにかボソッと呟いたようだったのだが、よく聞こえなかったので聞き返すと、顔を上げた彼はとびっきりの笑顔を見せてくれた。

「風呂沸かしてくるよ。ちょっと待っててね」

言い直してくれた凌久に頷く。彼はベッドから降りて床に落としていたスラックスを穿《は》くと部屋を出ていった。

(結構綺麗にしてるんだ……おしゃれ……)

上体を起こして、凌久がいなくなった部屋をキョロキョロと見回してみる。たぶん八畳くらいの部屋だろう。かなり整っていてモダンな印象だ。

クロスの色が珍しいグレージュで、カーテンの色もクロスとお揃《そろ》い。ドアはそれらよりも一段と濃い。ドアのすぐ横にはベッドサイドと同じ、床から天井までの白い造り棚が設えられて、そこに雑誌が何点か。ベッドヘッドの上には白とグレーの絵の具を格子に塗りたくったような大物のファブリックパネルが掲げてある。床もダークトーンの木目調。葵の部屋なんか、賃貸にありがちな前任者が付けた傷入りビニールフローリングと、最安値の量産壁紙なのに。天井のライトだって暖色系のスポットライトだ。

洒落《しゃれ》ている、というより、どうかするとここは、凌久と度々訪れていたホテルのスイートルームといい勝負ではないだろうか。

（あれ？　ここ、もしかしてホテルだった……？）

昨日は元々、飲み会のあとに凌久のマンションに行く予定になっていたから、彼のマンションに連れてこられたんだと勝手に思っていたが違ったんだろうか？　建物の玄関フロアに制服姿の男性がふたりいたことは覚えているのだが、彼と想いが通じ合った感激で周りをよく見ていなかった。

そうして十五分後。葵はブラン調の木目パネルに囲まれたバスルームで固まっていた。しばらくして戻ってきた凌久が、裸の葵を抱き上げてこのバスルームに連れてきてくれたのだが、ここまで来る間に見たリビングダイニングやキッチンは、紛れもなくマンションの作り。しかもキッチンに至っては、食器だけでなく鍋や包丁まで揃っており、ホテルに設えられているお湯を沸かすだけの簡易キッチンとはわけが違う。

「えっ、ここ、家なの？　住んでるの⁉　ひとりで⁉」

驚く葵を、凌久はおかしそうに笑って「そうだよ～」と軽く返してきたのだ。玄関フロアにいたのはホテルのフロント係ではなく、マンションのコンシェルジュ⁉

膝を抱えて湯船に入るくらいなら、潔くシャワーだけで済ませたほうが楽な我が家の風呂とは段違いだ。じっくり見たわけではないが、廊下のドアの数からして４ＬＤＫはありそうな気がする。いや、葵だって稼いでいないわけじゃない。ただ稼いだ額のほとんどをコスメやスキンケア、ヘアケアに注ぎ込んでしまっており、結果、葵のマンションはアパートやハイツに毛が生えた程度の代物でしかない。

（さすが大企業の営業本部長……）

本人が相当稼いでいるか、もしくは相当なお坊ちゃまか、だ。毎度会うたびにホテルの上等な部屋を用意してくれるところからしてなんとなく察してはいたが、自分と彼の生活ランクの違いに尻込みしてしまう。

「……私、釣《つ》り合ってないかも……」

途端に不安になって、ぐらぐらと心が揺れる。彼のことが好きだからこそ、この先が不安になってくるのだ。だって、長く付き合うためには、価値観や生活ランクが合っていたほうがいいんじゃ？

広々と脚が伸ばせる浴槽にもかかわらず、葵はキュッと膝を抱いて湯船に浸かっていた。

「お風呂、ありがとう」

おずおずとリビングに入った葵を見るなり、凌久は固まった。

「‼」

ジッと見つめてくる凌久に向かって、葵は脚を内股にしてシャツの裾を引っ張った。

「あの……あまり見ないで……？　恥ずかしいから……」

葵が着ているのは凌久に借りた彼の白いシャツ。葵の服は、昨日のあれやこれやで汗まみれで洗濯中なのだ。だから下着がない。ブラジャーもショーツもないわけで……

凌久はガバッと自分の顔を腕で隠した。

「ご、ごめん！　そんな格好させて！」

仕方ない。この格好は仕方ない。だって服がないのだから！　お互いにそう理解しているはずなのに――

「「…………」」

向き合ったまま、ふたりして顔を赤らめて押し黙る。お互いの裸を見せて絡み合った者同士なのに、どうしてこんなことで恥ずかしくなるのか。でも恥ずかしい。

数秒後、先に気を取り直したのは凌久のほうだった。

「ご飯できてるから食べよう。軽い物だけど」

「凌久さんが作ってくれたの？」

「そうだよー。ま、食べてみて。葵さんの口に合えばいいんだけど」

葵がお風呂に入っている間に作ってくれたらしい。そういえば、彼は料理が趣味だと言っていたっけ。キッチンに置いてある包丁スタンドや調味料ストッカーなんかも本格的だし、期待が高まる。

「楽しみ！　いただきます！」

リビングダイニングの広さに対しては小ぶりな、ふたりがけテーブルに案内されて席に着く。出されたのは、ほかほかの白ご飯の上に、玉ねぎやピーマン、人参と一緒に炒めた挽《ひ》き肉と、半熟の目玉焼きが乗ったガパオライス。そして横には玉子スープとサラダが添えてある。予想以上にバランスのいい食事に失礼ながらも軽く驚いてしまった。

「わぁ、すごい。短時間でこんなに用意してくれたなんて」

「挽き肉を玉ねぎと人参と一緒に炒めたやつはね、まとめて作って冷凍してるんだ。使うぶんだけ解凍して、他の具を入れて味付けしちゃえば早いしね。用意しておけばいろいろ使えるんだ。カレー粉入れればキーマカレーになるし、トマト缶を入れたらミートソースになるし。今回は実質、玉子スープと目玉焼きしか作ってないよ。サラダなんかレタスちぎっただけだしね」

彼はそう言うが、玉子スープの味付けもいいし、サラダの盛り付けも丁寧だ。手際がいいのは確実だろう。言うまでもなく、ガパオライスも甘辛くて食が進む。お店で食べるのと遜色ない。

「すごくおいしいよ。あんまり辛くないし、食べやすいし」

「ちょっとだけ味噌入れてるんだ。隠し味」

向かい合って食べる彼のニコッと笑ったその表情《かお》が、得意気で可愛い。こちらまで笑顔になってしまう。

「ほんとにおいしいよ！」

「喜んでくれてよかった！　そうだ、葵さんはなにが好き？　俺作るよ。料理好きだし」

そんなことを言われたら嬉しくなってしまう。好みを尊重しようとしてくれるところ、自分のために手間暇かけてくれようとしているところに胸がくすぐられる。愛情《きもち》を丁寧にラッピングしたプレゼントボックスに包んで手渡されているような、そんな感覚。

「私ね、豆腐料理が好きなの。豆乳とか湯葉とかも好き。あと温野菜。お肉よりお魚のほうが好きだけど、お肉ならチキンが好きかな。サッパリした感じのが好き」

「葵さん、ヘルシー志向だもんね。わかった。今度作るね。楽しみにしてて」

彼がくれる気持ちのぶんだけ……いや、それ以上に気持ちを返したい。胸いっぱいに広がったこのあたたかな物を、目の前のこの人に――

葵は目を細めて微笑《ほほえ》んだ。

「うん……ありがと……凌久さんはなにが好き？　私も作るよ？　そこそこ料理できるし」

「俺ね、唐揚げが好き。あーっ、今、子供っぽいって思ったでしょ？」

「ふふ、思ってないよ。可愛いって思っただけ」

照れる凌久と話しながら笑い合って、お互いに好きな料理を作り合う約束をする。

そのとき、キッチンカウンターの上でスマートフォンがブブブッと振動した。葵のではなく、凌久のスマートフォンだ。

「電話かな？　鳴ってるよ？」

葵が手渡すと、凌久は画面を見て若干、いやそうな顔をした。

「げっ……会社からだ……ごめん、ちょっと出るね」

断って電話に出る凌久を眺めながら、スプーンですくったガパオライスを口に運ぶ。

「もしもし――はい、お疲れ様です。――はい、伺っております。その件は企画部本部長がという話に――はぁ……はい……ああ、そう、ですか……わかりました……はーい」

電話を切った凌久は「はぁあああ――……」という盛大なため息のあと、テーブルに突っ伏した。

「なにかあったの？」

「今から出勤しろって。俺、今日休みなのに……」

仕事の突然の呼び出しは葵にも心当たりがある。現場が終わって、さぁ帰ろうとしているところに、サロンから人手が足りないとヘルプが入って、ディレクターとして店を回すなんてこともザラにあるわけだ。葵は苦笑いしながら眉を下げた。

「忙しいんだ？」

「忙しいというか……。本当は企画本部長が会うことになってたんだけど、なぜか向こうは俺と会う気満々だったっていう……今回に限っては不幸なすれ違いかな。営業の俺か、企画本部長か、どっちかが会えばいい相手だから、先方がその気なら、『おまえ会えよ』っていう電話だね」

先方に間違いを指摘するくらいなら、というようなニュアンスだろうか。大事な取引先なら余計にそうなるだろう。

「はーっ。会社から近いところに住んでると、こういうとき困るよ。『おまえ近所だからいいじゃん』って軽く言われるし」

そういえば、会社と家が徒歩十五分の位置にあると、以前話していたっけ。

「通勤には便利なんだけどねぇ」とぼやきながら、彼は頬杖《ほおづえ》を突きつつ心底イヤそうにガパオライスをつつく。

「何時から行くの？」

「一時間後。ねぇ、葵さん、俺が帰ってくるまで待っててくれる？　夕方には戻れるんだけど……」

しょぼくれた凌久はこちらを見ずに、視線をガパオライスに向けたまま問いかけてきた。

（もしかして、私が不機嫌になったと思ってる？）

謂わば、付き合いだして初日のデートに仕事を優先される感覚に近いのか。確かに毎回であれば辟易《へきえき》するかもしれないが、これまで誰よりも葵を優先してくれていた凌久だ。葵のスケジュールに合わせるために、相当仕事を調整していてくれたはず。

「大丈夫、待ってるよ～」

そう言ってニコッと笑ってみせると、凌久の表情が明らかに輝いた。

「ありがとう！　絶対早く帰ってくるからね！」

自分の返事ひとつでご機嫌になってくれる彼が愛おしい。一緒にいたいと思っているのは自分だけじゃない。彼も同じ気持ちでいてくれていることに、安心感を見い出す。

凌久は料理を平らげると、シャワーを浴びてスーツに着替えた。

ブラックスーツにグレーのシャツ、それから深みのある臙脂《えんじ》のネクタイを合わせる男前。

葵がセットして前髪を軽く上げてみると、いつもと違った好戦的な雰囲気になった。

「こういうのも似合うと思ってたの。どう？」

「おお！　いいね！　めっちゃ気に入ったよ。ってか、プロにセットしてもらうとか俺、贅沢《ぜいたく》な奴だなぁ」

洗面所の鏡を見ながら凌久が目を輝かせている。実は、機会があれば髪を触らせてもらいたいと思っていたのだ。ついにその機会を得たとばかりに、身支度中の凌久にセットを申し出た次第だ。

「私でよければいつでもセットするよ。カットもできるよ～」

「ぜひ、永久指名させてください！」

（永久……それって、本当に本当にずっと一緒にいたいと思ってくれてるって思っていいのかな？）

なんだかドキドキする。ずっと一緒の〝ずっと〟は〝永久〟という意味？　ただの言葉の綾かもしれないのに、言葉通りに受け取りたくなってしまうのだ。

「葵さん」

「んー？」

呼ばれて小首を傾《かし》げる。凌久は葵の両手を握りしめると、徐《おもむろ》に言葉を続けた。

「一緒に住まない？」

「…………」

住む？　一緒に？　誰と？　どこに？

唐突に投げ込まれた一石が、頭の中に大量の疑問符を生み出す。凌久の顔を見つめたまま、完全フリーズしているうちに、彼の目尻が悲しそうに下がっていった。

「……俺と一緒に住むの……いや？」

「そんなわけない！」

反射的に叫ぶと、今度は凌久の顔がぱあっと明るくなる。

「じゃあ、一緒に住もう？　そうしたらもっともっと一緒にいられる」

彼はそう言ってくれるけれど――

「でも私、繁忙期は本当に、帰って寝るだけで……」

今はまだいい。問題は十一月からだ。日本の冬は忙しい。クリスマスを凌《しの》いでも正月がある。なにが辛《つら》いって、番組も撮影も一気に着物が増えて、アザミに着付け師としても仕込まれている葵は引っ張りだこ。雑紙の撮影は二ヶ月前が基本だから、クリスマスの前の十一月頃から正月撮影に忙殺され、お正月のテレビ番組の録り溜めが開始。十二月に入ればファッションショーもある。サロンはクリスマスのためにめかしこむ子たちであふれ、クリスマスが終わったと思ったら、お次は年末年始の生放送現場に出ずっぱりという、修羅場が待っている。それが成人式の日まで続くのだ。そして二月に短い休みがあり、卒業入学シーズンはまたサロンが忙しくなるから、今度はそっちにヘルプに入る。

繁忙期に休みなんかない。料理なんかはっきり言って無理だし、着る服のために洗濯もやっとという具合。それなのに凌久と一緒に生活なんて、きっとできない。

「大丈夫。葵さんは俺が支えるから！」

スパッと言い切った彼に呆気《あっけ》に取られる。彼には自信しかないようだった。

「食事の支度も、掃除も、洗濯も俺がやるし、葵さんは帰ってきてお風呂入って寝るだけでいいよ。俺も忙しいときはあるけど、なんだかんだでそこまでハードじゃないんだよね。結構余裕あるほうだと思う。だから葵さんの面倒見るくらいできるよ。それにさ――」

彼は握りしめた葵の手を少しほどいて、指を絡めてきた。

「一緒に住んでなかったら会えないってことでしょ？　俺、そっちのほうが耐えられないよ」

ギュッと抱き寄せられて、胸が詰まる。

大好きなこの人と会えない日々なんて、寂しくて耐えられない。それに会えない日が続いて、凌久の心が離れるのも怖い。この人を失うことになったらなんて、想像すらしたくない。でも迷う。彼と本当にやっていけるのか？　今日見たばかりの彼の部屋は、葵とあまりにも違う……

「考えておいて」

凌久は葵の頬にチュッと口付けると、玄関に向かった。

「家にある物なんでも好きに使っていいからね。じゃあ、いってきます！」

「うん、ありがとう。いってらっしゃい」

颯爽と出掛けていく凌久を、葵は手を振って見送った。

◆　◇　◆

大好きな葵に見送りされて、ホクホク顔で会社に到着した凌久を出迎えたのは、親友でもあり秘書でもある夏目《なつめ》航輔《こうすけ》だ。彼とは幼稚園に入る前から一緒に遊んでいた仲で、凌久が唯一なんでも話す人間でもある。ちなみに、葵に初めて声をかけられたとき、カフェで同席していたのがこの航輔だ。

「凌久？　あれ、おまえ今日は休みだったよな？　違った？」

自分が勘違いしたのかと慌てた様子で、航輔が持っていたタブレットでスケジュールを確認しようとする。ふたりのときは気安く話すこの幼馴染《おさなな》《じ》みは、存外仕事は真面目だ。凌久は、片手を上げて「確認しなくても大丈夫」と制した。

「休みだったよ。電話あってさ、呼び出しくらったんだよ。サワプロが今日来ることになってただろ。あれ、兄貴が会うって話だったのに、なぜか先方が俺と勘違いしてるらしいって、話の流れで今日わかったんだと」

「マジか。それで呼び出しかよ。おまえも大変だな」

「最悪。葵さんと一緒だったのに……」

電話があったときのことを思い出して、若干辟易しながら本部長席の椅子《いす》に鞄を投げる。本当なら今日は、葵とずっといちゃいちゃして過ごす予定だったのに。暑いだけのジャケットを背もたれにかけて、椅子に座った。

「あの人とだいぶ続いてるんだな。逆ナンかけてきた人だし、正直どうかと思ってたんだけど、意外だわ。まぁ、あの人現場の評判いいみたいだし、悪い人じゃないんだろ？」

「めちゃくちゃいい子だよ。マジで惚れた。俺、絶対葵さんと結婚する。今日の髪、葵さんがセットしてくれたんだ。いいだろ」

そう言っていつもと違う髪型を見せる。

「おまえ、めちゃくちゃわかりやすいね。ホントわかりやすい。今まで誰と付き合ってもそこまでなかっただろ。そのうち女に全身コーディネートされそうな勢いだね」

「葵さんが全身コーディネートしてくれるならお願いするに決まってるだろ。葵さん好みの男になれるんだぞ？　当然だろうが」

「惚気《のろけ》やがって」と苦笑いする航輔に「当たり前」と歯を見せて笑った。彼女は自分の運命の女性なのだ。

昨日、葵が告白を受け入れてくれたときは本当に嬉しかった。本気で欲しいと思った女《ひと》だから、彼女が自分のことをちゃんと想っていてくれたことが幸せで、生まれて初めて自分の遅漏《ちろう》に感謝したくらいだ。遅漏でなかったら、葵と上手くいかなかった可能性だってある。そう、昨日、葵に手を出した彼女の元カレのように。

昨日の件を思い出した凌久は、机にひじを突いて顔の前で手を組んだ。

「あーそうそう、話変わるんだけど、今年の十二月に、国際会館で開かれるファッションショーに参加するスタッフ名簿を持ってきてくれないか」

さっきまでの砕けた雰囲気を消した凌久に、航輔が眉間に皺を寄せる。

「えっ、ファッションショー？　あの毎年やってるやつだよな？　企画部の奴に言えば名簿自体はすぐ手に入るけど……なんで？」

「おまえの管轄じゃないだろ？」と続きそうな顔に、普段は見せない鋭い目を向けた。

「スタッフに素行が悪い連中がいる。市川とあともうひとり。昨日直接見た。本格的な問題になる前に外す」

「マジか。それは外したほうがいいな。わかった。すぐ持ってくる」

執務室を出ていく航輔の背中を見送って、凌久はひとり悪どい笑みを浮かべた。

(俺の葵さんに手を出して無事でいられると思うなよ？　あのふたりはショーだけじゃなくて、うちが関わる案件全部外す。全部署で共有して、生涯出禁だ)

カヴァリエを出禁になったという噂《うわさ》が広まれば、他の広告代理店も彼らの積極的起用は見送るだろう。扱う案件の規模が大きい代理店ほど、見えている地雷を回避する傾向にある。なにがあったかは重要ではない。〝カヴァリエが出禁にする程のなにかがあった〟と、少なくとも〝出禁にできるだけの人間の不興を買った〟という事実に皆は反応するのだ。

大物タレントがある日突然表舞台から消えることがままある業界で、それが裏方には当てはまらないなんてことはない。半年もしないうちに、業界から干されることは間違いないだろう。

葵の手を引っ張って、散々罵っていたあの男の顔を思い出すだけで腹が立ってしょうがない。ちらりと耳に聞こえてきた内容だけでも、葵をふたりがかりで嬲《なぶ》ろうというおぞましいもので、未遂とはいえ人として常軌を逸している。ショーに呼ばれるくらいだ、それなりに腕は立つんだろうが、そんなことは関係ない。ショーが開催されるまで何度もミーティングやリハーサルがあるのだ。そのたびに葵があんな外道と顔を合わせることになるなど言語道断。それに、ああいう手合いは初犯ではあるまい。

(葵さんは贔屓《ひいき》を嫌うけど、こういう応援の仕方ならいいよね?)

以前、経歴になりそうな大きな案件を回そうかと話したら、『絶対にやめて』と釘を刺されたのだ。だからそれはやっていない。

(あーあ。俺が葵さんのために、どれだけのことをやれるか試してくれていいのに。葵さんにお願いされたら、俺、なんでもやっちゃう)

生来持てる力を振るうことに躊躇いのない質《たち》の凌久だ。葵が喜んでくれるなら理不尽も叶えるし、ルールを多少捻じ曲げたって平気なのに、彼女はそれを良しとしない。頼ってもらえないのは寂しいが、あまり言って重いと思われるのも嫌だし難しいところだ。

(ま、そういう控え目なところも好きなんだけどね)

一緒に住もうという凌久の提案に葵はすぐには頷かなかった。慎重で思慮深い人だと思う。でもこの件に関して、彼女はそこまで深く考える必要はないはずだ。なぜなら、他の誰でもない凌久自身が決めたのだから、自分たちは必ず上手くいくし、上手くいかせる。彼女が帰る場所は自分の腕の中であるべきなのだ。

（葵さんの繁忙期が来る前に一緒に住もうっと。楽しみだな）

凌久は椅子をくるっと半回転させると、窓を見た。その視線の先には、葵がいる自分のマンションがあった。

「凌久さん～ご無沙汰《ぶさた》しておりますよぉ～。いつぶり？　どれだけぶり？　普段はメールでやり取りさせてもらってますけど、会うのは結構久しぶりですよね？　いやー相変わらずイケメン。あ、髪型変えました？　めちゃくちゃ似合ってますよぉ～」

矢継ぎ早に繰り出されるマシンガントークを爽《さわ》やかな笑顔で躱《かわ》して、凌久は葵とのいちゃラブな休日をぶっ潰してくれた来客を執務室に案内した。

「どうも、お久しぶりです。お変わりないようでなによりです」

招かれざる客は三人。大手芸能事務所のサワプロダクションの面々だ。先のマシンガントークは女性営業。凌久と同じくらい背丈があって、パワフルさが売りのサワプロ営業ナンバーワンの女傑《じょけつ》だ。あとのふたりはと、彼女の背後に目をやる。ひとりは男性。そしてもうひとりは――

（はーそうきたか）

バチバチの長いまつ毛に囲われた挑戦的な目が驚きに見開かれているのを見て、舌打ちしたくなるのをこらえつつ、凌久は綺麗な作り笑いを浮かべた。

「今日はミリアさんのプロモーションだったんですね」

「そうなんですよぉ～！　中森《なかもり》ミリア！　凌久さんのご紹介でうちのプロダクションに入った彼女を、事務所を挙げて推していきたいと思っていますので、よろしくお願いしまぁす！」

中森ミリア。凌久が葵と出会う直前まで付き合っていたのが彼女だ。出会ったのは航輔主催の合コン。遅漏のコンプレックスから、女性との距離を置いていた凌久を心配した航輔が、ただの飲み会だと偽って凌久を呼んだのだ。そこにいたのがミリアだった。

当初付き合う気はまったくなかった凌久が、「好きなの」と連日連絡してくるミリアに折れたのがはじまり。断り続けるのも面倒になって、形だけでもしばらく付き合ってやればそのうち飽《あ》きるだろうと、匙《さじ》を投げたのだ。

そうして何度か会って話しているうちに知ったのだが、彼女は小さなプロダクションに所属しているタレントだという。風が吹けば倒産しそうなプロダクションで、当然大きな仕事はない。ミリア自身、顔は整っているし、スタイルもいい。ハキハキしていて気骨もある。いつか表舞台に立つことを夢見て、小さな仕事をコツコツと頑張っている姿は、健気に見えて応援したくなるなにかがあった。

だから凌久は、カヴァリエの営業としてツテのあるプロダクションのうち、最大手であるサワプロダクションのプロデューサーとミリアを会わせたのだ。そこまでしたのは、想いを寄せてくれるミリアを抱く気になれなかった贖罪《しょくざい》の気持ちも多少はあったと思う。が、その結果、ミリアは凌久が紹介したサワプロのプロデューサーと浮気。あれだけ「好きなの」と猛プッシュをかましておきながら、その変わり身の速さは呆気に取られるしかなかったっけ。

（この人と会うのが最初からわかってたら、今日絶ッ対に来なかったのに）

なにが悲しくて浮気した元カノのプロデュースのために、最愛の葵との時間を削らなくてはならないのか。今すぐ帰りたい。だがまぁ、ミリアをサワプロに紹介したのは凌久だ。だから先方が今日の面談を凌久と、と勘違いしていたのも頷けはする。

「どうぞこちらへ。おかけください」

三人に執務室のソファを勧める。ミリアを真ん中にして、サワプロの人間が左右に座った。そこにお茶を持ってきた航輔が、ミリアの顔を見てごくわずかに――それこそ、長年連れ添った凌久にしかわからない程度に眉を顰《ひそ》めた。

（うへぇ……この子、どの面《つら》下げてここに来てんの？）

（航輔、心の声が漏れてるぞ）

とはいえ、その気持ちは凌久も同じだ。ミリアが落ち着かない様子を見せているところを察するに、凌久がカヴァリエで個人執務室を与えられるほどの地位にいるとは思っていなかったようだ。おおかた、サワプロの人間に「カヴァリエのお偉いさんに挨拶回りするぞ」と言われて付いてきたら、自分が捨てた男が出てきた——というような流れだろう。

（まぁ、俺。本社の営業としか言ってなかったしねぇー）

営業は営業でも営業本部長で、カヴァリエ創設者一族かつ現社長の三男なわけだけど。

（どうでもいいや。とっとと終わらせよう）

凌久はビジネスライクに名刺を渡した。

「営業本部長を務めます相馬凌久です。うちの会社、上の人間は相馬ばっかりなんでね、凌久でいいですよ」

「凌久さんはね、カヴァリエ社長の息子さんなのよ。あ、ミリアは知ってるわよね？」

サワプロの女傑に話を振られて、ミリアは「知らない」とも言えずに苦笑いしている。代わりにサワプロの男性のほうが反応してきた。

「そうなんですね。カヴァリエの人はみんなイケメンですよね。タレントみたいで！　あ、僕はミリアのマネージャーをやらせてもらうことになりました、村田《むらた》といいます。ミリア共々よろしくお願いします」

村田と名刺を交換して、ミリアのPRをひと通り聞く。興味はなくても仕事だ。仕事。正直、このPRを聞いたからと言ってどうということはない。プロダクション側が推してくるなら、代理店としても企画段階で積極的に候補に挙げるし、それをクライアントが了承すれば起用されるのが世の常。クライアントがどう受け取るかは、直接やり取りする代理店側の匙加減次第だ。ごり押しもできるし、カタチだけの候補止まりも充分に可能。だからプロダクション側は凌久たち代理店側に「よろしく」とするわけだ。ミリアが気に入らないからと、凌久が意図的に仕事を回さないこともできるにはできるが、ミリアをサワプロに紹介した手前それをやるのはまずい。

別にミリアのことは恨んじゃいない。初めから気持ちもなかったし。葵と出会うきっかけくらいにはなったと思うから。彼女はサワプロのプロデューサーに自分を売り込むことに成功して、次のステップに行っただけ。元々応援するつもりでサワプロに紹介したんだ。商品として稼いでくれるなら、プッシュすることも吝《やぶさ》かでない。

「――キスシーン、ラブシーンのNGもありませんし、体当たりの演技で取り組みます！カヴァリエさんの企画でもぜひ使っていただけたらと！」

「はい、私のほうからも優先的に企画部に回しておきます」

貰った資料を航輔に渡して企画部行きを指示すると、サワプロの面々が口を引き結んだ。

「それで、あの、凌久さんとミリアが付き合ってたっていうのは、もう過去のことっていうことでよろしいんですかね？」

　さすが女傑。普通は聞きにくいことだろうにズケズケと。だから女傑と言われるんだと思いながら、凌久は遠い目をした。

（ああ、これが聞きたくて俺に会いたかったわけね、ハイハイ）

　今日の打ち合わせは、凌久の次兄と凌久を勘違いしたわけじゃない。凌久と会うことで、これから売り出すタレントの異性問題にケリをつけたかったのが本音なんだろう。

「あー。そもそも付き合っていた事実がありませんので」

　凌久が軽く流すと、「いえね、一応、事実確認をと！」と言いながら、あからさまに安堵する空気が漂った。「付き合ってましたけれど、そこの女がおたくのプロデューサーと寝たので別れました」という返答は誰も求めていない。みんなが不幸になるだけだ。

〝そもそも付き合っていた事実がない〟これで終結させるのが一番いい。それ以前に凌久の心情としては〝付き合っていた〟とは言いたくない。

（だいたい、飯食って話してコーヒー飲んで、プロダクション紹介しただけだしな）

「お時間取っていただいてありがとうございました！」

「いえーお疲れ様でした」

「あ、あの！」

　お開きの空気をとめたのはミリアだった。

「凌久さん、少しふたりで話せませんか？」

（どうせ過去は水に流して、仕事回してくれとかだろ）

サワプロの顔に泥を塗らないように仕事は回すつもりだし、話す必要はないのだが、彼女は話したいらしい。サワプロの面々の手前、「面倒くせぇ！　俺は早く帰りたいんだよ！」という気持ちをおくびにも出さずに凌久は頷いた。

「いいですよ。そこの自販機の前でちょっと話しましょうか」

「……あ、はい」

改めて店でも取ってもらえると思っていたのか、ミリアのテンションが急激に下がった。

確かに以前はそれなりの店に連れていっていたが、葵以外の女性にそういうことをする気はもう起きない。特別なのは葵だけなのだ。

サワプロの女傑とマネージャーの相手を航輔に任せ、凌久はミリアを伴ってフロア中央にある自販機前に移動した。

「はい、お話ってなんでしょう？　手短にお願いします。あんまり時間ないので」

自販機でコーヒーすら買わずに話を促すと、ミリアが一瞬言葉に詰まる。視線を下げるミリアの頭のてっぺんを見ながら、凌久は「今日の晩飯なんにしたら葵さんは喜んでくれるかなぁ。鶏肉あったし、サッパリ棒々鶏《バンバンジー》とかにしたら葵さん喜ぶかなぁ」なんて考えていた。胃袋を摑むのは基本中の基本だろう。葵にはひたすら尽くしたくてたまらない。

「あの……謝りたくて……あのときは、その……ごめんなさい……あたし――」

「気にしなくて大丈夫ですよ。もう終わったことなので」

口調もそのままに線を引く。別に謝ってもらわなくたっていい。彼女の行動に呆《あき》れただけで、ショックでもなんでもなかったから。

「でも、凌久くんはあんなによくしてくれたのに……あたし、寂しくて、それで……」

（でたー！　必殺〝寂しくて〟）

これを何回聞いてきたことか。浮気の言い訳大全集でもあるのかと訝《いぶか》しむくらいの共通言い訳だ。だったら浮気する前に別れろよと言いたいのをグッと呑み込む。

正直、ミリアが自分に飽きるのを待っていた凌久なので、彼女が他の男に乗り換えるのは大いに構わない。ただ、相手に凌久が紹介した取引先のプロデューサーを選んだことがいただけないのだ。こっちの今後の付き合いまで考えてほしかった。ただそれを凌久がミリアに言わないのは、わずかに後悔があるからだ。

連日のアタックに圧《お》されて本気で気が滅入っていたとはいえ、〝付き合う〟という返事をしたのは自分だ。あんな適当な返事をしなければよかった。初めから彼女に気持ちはなかったのだから、どんなに喰い下がられようとも無視していればよかった。ただ話を聞いて、新しい事務所を紹介するだけなら、恋人でなくてもできたことだから。遅漏コンプレックスがあったとはいえ、仮にも恋人として受け入れた相手に対して、一切触れない抱かない欲情すらシないというのは、まぁまぁに酷《ひど》い態度だったはずだ。その自覚はあったから、埋め合わせに、新しい事務所を紹介したり、仕事を回したり、そこそこいい店に連れていった。人からすれば恋人に尽くしているように見えただろうが、凌久からすればただのお詫《わ》び。

自分を抱かない凌久にミリアは満足しなかった。不満だっただろう。彼女のように自信のある女は特に屈辱だったはずだ。だからこそ心変わりと共に凌久に飽きてくれたわけで。当初の目論見通りなのだから、ミリアが自分を踏み台にしようと、相手がどうこうだと責めるつもりはない。ただまぁ、ほんのちょっぴり、ミリアが乗り換えた先である取引先のプロデューサーと顔を合わせたときに気まずいくらいで。

凌久は小さく息を吐き出した。

「……いいよ。俺も悪かったから」

「凌久くんさえよかったら、あの……また、ふたりで会わない？　あたし、やっぱり凌久くん以上の人は――」

「――はぁ……」

謝罪も言い訳も勝手にしてもらって構わないが、復縁要請となると話が別だ。面の皮が厚くないと芸能界ではやっていけないが、これはぶ厚すぎるだろう。商品としてならともかく、女としての彼女は、熨斗《のし》付けて返したいレベルで拒否感が山盛りなのだ。

「あのね、大丈夫だから。俺がこういう立場だからって、そんなに必死になって媚《こ》びなくても大丈夫。君のプッシュが俺の仕事。仕事はちゃんとするから。自分のためにね」

宥《なだ》めるために口調を柔らかくして、笑みを作る。そうして子供に言い聞かせるように、少し身を屈《かが》めて視線を合わせた。

「いいかな？　君を売り出すのに男がチラつくと困るから精算してほしいっていうことで、今日、サワプロの人はここに来たんだよね？　わかってる？　俺じゃなくても彼氏はまずいの。というか第一にあのプロデューサーはどうしたのかな？　俺とより戻したら二股になっちゃうよね？　彼氏持ちなのも嬉しくないのに、二股なんかしてたらタレントとして印象最悪になっちゃうよね？　駄目なのはわかるよね？」

「プロデューサーは別に……付き合ってるわけじゃないし……あたしは凌久くんのこと、今も好きだから！　あたし、元に戻りたくて……」

返ってきた答えに脱力してしまう。

(この子の頭の中はどうなってんだ……湧いてんのか、それとも足りてないのか……)

さすがに口には出さなかったけれど、やたらと食い下がってくるミリアに辟易する。なりふり構わない努力も結構だが、他のところでやってもらいたいものだ。

「じゃあ、今でも好きでいてもらったところ申し訳ないんだけど、俺、君には〝商品〟以上の感情はないんだ。俺は言ったよね？　君に気持ちはないから付き合えないって。『それでもいいからどうしても』って言うから折れたけど。指一本触れてないんだから、相手にされてないことには気付いたよね？　だから他に乗り換えたんだよね？　その判断は正しいよ。あのまま俺といても、俺は君に触れもしなかったと思うし。何度も言うけど、俺にとって君は、女じゃなくて〝商品〟なの。俺もこういう商売をしているのでね。原石があれば磨く気にはなるよ。場所を変えればそれなりに売れるんじゃないかと思ったから、他の事務所を紹介しただけ。ＯＫ？」

「………」

笑顔でくっきりと線を引いた凌久を前に、目を見開いたミリアが押し黙った。

女性として最後まで興味は持てなかった。ただ、夢を追いかける君を応援したい気持ちがあったのは本当。仕事だけなら応援できるから、これで終わりにしてほしい。冷たいようだが濁《にご》してもろくなことにはならないことは明白だから。

「じゃ、そういうことで。お互いベストを尽くしましょう。我々もミリアさんのプッシュにひと役買いますので。――あ、プロデューサーは上手に隠してくれると思うけれど、他にも男がいたらちゃんと精算しといてくださいね」

ビジネスライクに戻って凌久はにっこりと微笑むと、ミリアを置いてさっさと執務室に戻った。

◆　◇　◆

「あーおーいーさぁあん！　ただいまっ！」

もう少しで十八時になろうとする頃、帰宅した凌久はキッチンに立っていた葵を見つけて抱き付いた。出掛けたときと同じ、凌久のシャツを一枚着ただけの格好で、白くて筋肉質な長い脚が理想的な曲線を描いて伸びている。本当にどこにも行かないで待っていてくれたことに、胸の奥に潜《ひそ》んだ男の支配欲が疼く。彼女がずっとここにこうしていてくれるにはどうしたらいいだろう？

「お帰りなさい」

肩越しに振り返った葵の頬にキスをする。そうしたら彼女の頬がぽっと色付いて、一気にテンションが上がった。

(赤くなった。ああ……可愛いなぁ。本当に可愛い。結婚したい)

どうしてこの人はこんなに可愛らしいのか。初心《うぶ》な一面が隠せていない。

ぎゅうぎゅうに抱き締めて頬擦《ほおず》りすると、柔らかい彼女の髪から、自分が普段使っているシャンプーの匂いがして、なぜだか妙にそそられた。興奮していく凌久に気付いていないのか、葵は笑いながらお玉で鍋を掻き回す。

「お味噌汁作ってたの。勝手に食材使っちゃった。ごめんね」

「ええ！　葵さんの手料理!?　めちゃくちゃ嬉しいよ！」

これは思わぬご褒美《ほうび》。急遽出勤する羽目になったのは痛かったが、愛しい彼女の手料理があるなら働いてきてよかったと思える。

「メインはね、唐揚げ。凌久さん、唐揚げ好きって言ってたから。下味付けて、冷蔵庫で寝かせてるの。あとは揚げるだけ。サラダもあるよ」

「！」

（優しい！　もう結婚するしかないよね!?）

凌久の好物を聞いて早速作ってくれるその気持ちが純粋に嬉しい。感動してしまう。

ニコッと微笑んだ葵に胸を射貫かれる。本人にその気はないのだろうが、これはいけない。ただでさえキワドイ格好でいるのに、なんの計算もない無垢《むく》な笑顔で見つめられたら——

「一緒に食べよ？」

凌久は無造作に鍋の火を消すと、葵の顎に軽く手を添えて口付けた。

「ふ……ん、ん……っ……」

葵は一瞬だけ驚いたようだったが、二、三度唇を軽く食《は》むうちに、とろんと目を細め、やがて瞼を閉じて凌久のキスを受け入れてくれる。舌を絡めて吸うと、お返しとばかりに同じように舌を吸われてゾクゾクした。

自分たちは似ている。もちろん違うところもあるのだが、人間性というべきか、根っ子が同じに感じるのだ。だから上手く支え合える気がする。この人がいいと、魂が叫ぶのだ。

凌久は葵の腰を両手で引き寄せると、唇を合わせたまま一気に抱え上げ、システムキッチンの調理スペースに彼女を腰かけさせた。

「もぉ、びっくりし――んんっ、ん……」

可愛い唇にまたキスをする。そうして抗議の声を塞いでから、凌久は短いシャツから覗く魅力的な太腿を撫で上げた。そういえば葵の服は洗濯したんだった。まだ乾いていないはず。そのままシャツの中に手を忍び込ませ、くびれた腰をなぞって、案の定ノーブラだった乳房を揉みしだく。

「おいしそうだね」

料理もだけど、あなたが。

シャツの中で、昨日散々しゃぶった乳首を親指で捏ねながら見つめると、葵が目を逸《そ》らした。

「……だ、だめだよ？」

口ではそう言うが、頬は熟れた林檎《りんご》のように真っ赤だったし、なにより色香が匂い立つ。男を発情させるフェロモンをこんなに撒《ま》き散らしておきながら、おあずけにしようなんてそんな殺生な。

「だめなの？」

いじっていた乳首を摘まみながら、反対の乳首をシャツごと口に含む。ぷっくりと立ち上がった乳首に押し上げられたシャツが濡れて貼り付き、ますます乳首を浮き立たせる。

(今もノーブラってことは、当然下も――)

シャツの下で乳首をいじっていた手を下ろして腰をさすれば、やっぱり穿いていない。素肌にシャツ一枚なんて無防備すぎる。こんなの抱いてくれって言っているようなものじゃないか。そもそもこういう格好をさせたのは自分なのだけど……

ぴったり太腿を閉じていても、指の一本くらい入る隙間はできるもの。太腿の隙間に強引に親指を潜り込ませ、柔らかな肉付きを堪能しながら花弁の上から蕾を探る。

「本気で好きでたまらない子が、俺のこと好きでいてくれて、しかも『一緒に食べよ』って可愛いく誘ってくれるんだよ？　食べるしかないでしょ？」

囁きと共に「ね？」と頬に唇を当てると、困った表情《かお》の中に自分を誘う女の艶《あで》やかさを見つけて興奮する。

(やばい。可愛い。好き。無理。好き。欲しい。抱き締めたい)

「食べたい」

この女《ひと》に好かれたい。男として見られたい。もっと愛されたい――

自分の持てる物すべてを使ってでも、彼女の関心が欲しい。もしそれが得られなかったときは、どうすればいい？　諦める？　そんなの無理だ。永遠に側にいてほしいのだから。

(好きすぎて閉じ込めたいなんて思うの、初めてだ)

抱き締めて口付けながら、蕾をくにくにといじって、ぬめった泉に少し指を挿れる。

「んっ……」

高く響く作った声じゃない。思わず漏れたこの声がたまらない。潤んだ瞳が恨みがましく睨《ね》めつけてくるのもいい。抱いたとき、この目が自分に縋ってくるのを知っているだけに、余計にそそる。彼女の変化すべてを目に焼き付けたいのだ。

「ね、食べたい。食べさせて。お願い。俺、もう我慢できない。昨日みたいに激しくしないから。優しくするって約束するから」

「〜〜〜っ」

甘えながら更に指を挿れて、首筋を舐める。これは直感だが、彼女に〝お願い〟は効く気がする。

くちくちと指を出し挿れしながら、耳裏の皮膚を吸って跡を残していると、葵が両手を肩に回してきた。困り顔だが、少し笑っている。

「……もぅ……」

観念してくれたらしい。自分の願いが叶《かな》って満面の笑みになるのは、抑えられようもない。気分は最高に浮き足立っている。

凌久は葵を軽々と抱き上げて、寝室に向かった。ぽすんと彼女をベッドに寝かせると細い両手が伸びてくる。その手に自分の髪を梳かせながら、ジャケットを脱いでネクタイを緩めた。

「俺がいなくて寂しかった？」

「ん……」

彼女は力いっぱい頷いて甘えるタイプではない。自分の仕事の時間を尊重させるためにも、男の仕事も尊重してくれる。自立した女《ひと》だと思う。もっと甘えてくれてもいいのに。なんでも買ってあげるし、なんでもしてあげるのに、彼女は求めない。

（でもベッドだと甘えてくれるんだよなぁ。可愛い）

昨日、無理させた腰を撫でると、ショーツを穿いていない尻肉が誘惑してくる。ぷりんとしたそこの丸みをしっかりと確かめてから太腿を割り広げると、葵が赤面して目を逸らす。でも、この人が目を逸らすのは最初だけ。一度達してしまえば、あとはとろんと蕩けた目で見つめてくれる。昨日もそうだった。ソファで何度も気をやった彼女は、ベッドでも凌久に挿れられて、蕩けた目で見つめてくれたっけ。

キッチンでいたずらした蕾が半分剝けて、ぷくっとした女芯が覗いている。愛らしいそこにフッと息を吹きかけて、たっぷりと唾液を纏わせた舌でゆっくりと舐め上げた。

「う、ん……っ……あ！」

気持ちよかったのだろう。葵の腰が浮かぶ。名器な彼女は感じやすい。すぐ濡れてくる。

きり勃つ。

まるで湧き水のように、蜜口から愛液があふれてくる。蜜口の中で桃色の媚肉がヒクヒクと息づいているのが目に入り、ゴクリと生唾を呑んだ。昨日、あの中を堪能した張りがいきり勃つ。

尖《とが》らせた舌先で包皮を剝き、完全に露出した女芯に吸いつくと、葵が悶絶して腰をくねらせた。それがどうにも誘っているようにしか見えなくて、凌久の張りをますます硬く熱く滾《たぎ》らせる。蕾を吸いながら魅惑の蜜穴に指を挿れるのと同時に、片手でベルトを外した。飛び出してきた己の物が欲望を象《かたど》っていて、それを形だけでも覆わなくてはとわかっているのに、したくない。でもわかっているんだろうと自分に言い聞かせて、ゴムをつける。責任を取るのがいやなんじゃない。責任なら喜んで取らせてもらう。ただ、彼女の夢を壊して嫌われるのがいやなのだ。

(どうしたら俺と一緒に住んでくれるかな?)

昨日、ようやく告白して付き合いはじめたばかりのくせに、性急なんだろうとは思う。でも離れるなんて耐えられない。

そして瞬時に辿《たど》り着く答えは――

(うんって言ってもらえるように頑張らないとね)

自然と笑みがこぼれる。

「愛してる。俺には葵さんだけだから、葵さんも俺だけだよね?」

当然返ってくる肯定を満足気に聞きながら、凌久は腰を進めた。

くちゅんっと最高にやらしい音を立てて、彼女の中に入る。万感の思いで入った彼女の中は、しとどに濡れていて、ぬるぬると滑るのにきゅうきゅうに締め付けてくる。深い溝に埋まっていく没入感は、亀頭の先からゾクゾクする快感をもたらして、思わず声が出た。

「うぉ……」

半分ほど挿れて見下ろすと、愛おしい女が脚をM字に広げた無防備な格好で、悩ましく眉を寄せている。しかもシャツ一枚。この下は裸……

凌久は生唾を呑むと葵が纏《まと》っているシャツをぐいっと捲り上げた。まろび出た張りのある乳房を揉んでみると、締め付けが増す。

(気持ちいい……油断したら出そう……)

鈍い凌久をここまで感じさせる極上の名器。込み上げてくる射精感を誤魔化すように乳房に吸いつく。

「んっ、あぁ……」

ふわふわな乳房を鷲掴みにして、押し出された乳首をおもいっきり吸うと、葵から声が漏れる。可愛い唇だ。

初めてのときはキスは駄目だと言われて、お願いしてキスさせてもらった唇は、小ぶりでいつもぷるぷる。今は——好きなだけキスしても許される。

凌久は自分の気持ちのままに、葵の唇を吸った。キスして、口内に指を咥えさせて口蓋を擦り、腰を浅く繰り出す。うねる隘路を焦《じ》らすように、一段狭くなっている処《ところ》のすぐ手前までを速いリズムで断続的に擦り、たっぷりとキスして乳房を強めに揉む。乳首も捻《ひね》るように摘まむ。首筋を舐め、耳穴に舌を差し入れ、頬を優しく撫でる。そうすると葵はいろんな処から感じて、小さく喘ぎながら身体を火照らせていく。

「あぁ、ン……ひ、凌久、さん……はぁはぁ……っあ、あぁ……いく……」

「ね？　気持ちいい？」

「きもちい、はぁはぁ……ん、んぁ……はぁはぁ……あぁ……もっと、もっと……」

ねだる隘路の極上の締め付けに興奮する。でも昨日みたいに、自分の気持ちを打ち付けるセックスばかりじゃ芸がない。今度は彼女の気持ちを引き出したい。

奥へ奥へと誘ってくるのを焦らすように、浅く浅く浅く——わざと奥は突かない。一旦狭くなって締め付けてくる隘路を避けるように、途中でとめる。突き上げないように深さを慎重に護りながら、葵の身体のそこかしこを丁寧に触っていく。

（ああ、好き。可愛い、やばい……泣かせたい）

柔肌の甘さに酔いしれる。抱き締めて、胸と胸を付けて、唇を合わせる。舌を絡ませながら、何度も髪を撫でた。自分の中から、彼女への愛おしさがあふれてとまらない。

「もっと？　どうしてほしい？　言って。なんでもするから」

散々吸われてぷっくりと膨らんだ乳首をいじりながら尋ねると、潤んだ葵の瞳が見上げてくる。

「……おく……して……」

「〜〜〜っ！」

クールな彼女の可愛いおねだりに、ボルテージが急上昇して自然と張りが滾っていく。

葵の両手を彼女の頭上でひと纏めにして片手で押さえ込むと、もう一方の手で彼女の膝をベッドに付くまで押し開いた。

「奥だね？」

求められた歓びが凌久に微笑みと嗜虐心《しぎゃくしん》をもたらす。彼女をもっと悦《よろこ》ばせたい。感じさせたくてたまらない。自分の持てるすべてで彼女を夢中にさせたいのだ。

今まで焦らして浅く留めていた処を突き抜け、奥まで貫いてやる。ぐじゅっという水音と共に、快感に歪《ゆが》んだ葵の表情に興奮した。最高に気持ちいい。

雁首から亀頭にかけて無数に吸いつかれる感覚と、裏筋を這《は》い回る深い襞、奥にいけばいくほど全体をぎゅんぎゅんに締め付けてくる名器のおねだりに応えて、しっかりと強めに腰を打ち付ける。乳房もどこも触らない。余計な快感抜きに、挿れられることだけに集中させてやると、葵の目が更に蕩けていく。

「あ、あっ、んぁあっ〜！」

「くっ！」

上気した葵の身体がビクビクと小さく痙攣して、軽く達しているのがわかる。それをわかっていながら、凌久はズズッとゆっくりと漲りを全部引き抜いた。

「や、やぁ～～！　う～っ、う～、やぁ、ぬいちゃや、やぁ～！　いれて、いれておく、もっと、おねがい、おねがいだから……」

さっきまで挿れられていた蜜穴は、花弁はぱっくりと開いて愛液があふれる有り様だ。ヒクつく中まで見える。いやらしいうねりは男を誘う。彼女が乱れる姿を見ているだけで、愛おしくて愛おしくて虐《いじ》めたくなる。

「俺に奥突かれるのが好き？」

「うんっ、うん！　すき、おねがい、いれて、いっぱいして」

「あ～っ、もう、可愛い！　好き。好きだよ」

快感に狂ったように舌っ足らずな口調で求められると支配欲が疼く。

「～～～っ!!」

体重をかけて身体で押さえ込み、自由を奪った葵を全力で侵す。真上からプレスして、最奥を亀頭でズンズンと擦り上げ、雁首で抉る。

「あっ、あっ、ひぃぁ、ん～～っ、ぅ、んんん～」

奥イキするのを耐えているのか、葵が眉を歪ませ、歯を食いしばって呻いている。イク直前の表情というのはどうしてこう可愛いのか。快感へのもどかしさ、羞恥心、期待の全部が詰まった目で見つめられると、この顔を歪ませたくなる。ここで蕾や乳首をいじって強引に追い上げるのは簡単だ。そのほうが葵も楽だろう。が、そうではなく今はじっくり奥だけで感じさせたい。焦らして、焦らして、焦らして——そういうことをされたという記憶を彼女の身体に植えつけたいのだ。それに、彼女が奥イキするまでひたすらずーっと突いてやれる自信がある。そうしてその間は、彼女の素晴らしい身体を堪能させてもらおう。互いの欲望と快楽をじっくりと引き延ばすことにかけては、凌久の右に出る者はいない。そして凌久のセックスに付いてこられるのも葵だけ。

「気持ちいいからって腰引いちゃ駄目。もっと気持ちよくならなきゃね」

「あぅ……ううう……あぁ～～」

ぱちゅん、ぱちゅん、ぱちゅん、ぱちゅん——絶え間なく腰を打ち付ける中で、葵の腰を摑み、引き寄せるのと同時に突き上げ、子宮を力強く揺さぶる。凌久が更に腰を速め、角度を持たせると、だんだん葵から力が抜けて目がとろんと蕩けてきた。

「はぁはぁ……きもちい、いく、はぁはぁはぁはぁ……う～あぁ……いくいく、いく、あ、ああ……ああ……あぁ——……」

呑み込みきれなかった唾液を口の端から垂らしながら、腰を振りはじめた葵にゾクゾクする。

彼女のこの姿が見たかった。自分の前でだけ善《よ》がり狂い、淫《みだ》らな雌《めす》になる彼女が愛おしい。漲りを咥えさせた雌穴からは愛液が滴り落ちて、大洪水だ。

大切に護りたい気持ちと、徹底的に辱《はずかし》めて支配したい気持ちが入り交じって、僅差で後者が勝つ。

「奥だけでイッちゃったね。胸もクリも触ってないのに」

「～～～っ」

恥じらって閉じようとする脚を強引に割り広げ、真っ赤になって恥ずかしがる葵に顔を近付けた。

「ねぇ、俺と一緒に住むの、考えてくれた？」

奥を突き上げながら尋ねると、葵が喘ぎながら首を横に振る。もっと考える時間が欲しいということなのかもしれないが、どうせもう結論は出ている。

自分たちは運命なのだから。

「一緒に住もう？　離れたくない。絶対に後悔させないから。幸せにするよ？」

白い首筋を舐めて耳に息を吹きかけながら「愛してる」と気持ちを告げる。本当は結婚してほしいと言いたいけれど。

(今は、まだ、ね)

何度も何度も繰り返して囁くと、葵が潤んだ瞳で見つめてきた。

「いっしょに、いたい……でも、ふあんなの……」

不安を訴える姿も可愛いと言ったら、葵は怒るだろうか？

凌久は彼女を抱き締めて、両手で包み込むように頭を撫でた。

「離れてるほうが俺は不安だよ？　葵さんが誰かに盗られやしないかって」

「そ、んなこと――」

そんなことないと言おうとした彼女の唇に指を当て、下唇をふにふにと摘まむ。

「昨日、男に襲われてたのは誰かな？　危なかったのはわかってる？　俺が一歩遅かったら、葵さん、連れてかれてめちゃくちゃにされてたかもしれないんだよ？」

「アァッ！」

伸び上がる動きを加えて名器を抉りながら掻き回すと、葵が仰け反り身を捩る。

彼女は理解すべきだ。愛する葵が他の男に襲われているところを目の前にした凌久が、自分の巣に囲おうとするのは至極当然なんだということを。

「これからは送り迎えしてあげよっか。でも、それだけじゃ、危ないよね？　自分の家にひとりでいると危ないと思わない？」

腰を捕まえ、唇を合わせて、舌を絡める。離さない。離したくない。最適な環境を用意するから、いつも目に届くところにいてほしい。そうしてくれたら、なんでもする。あなたの愛の奴隷《どれい》に喜んでなるから。

たっぷり口蓋を舐め上げてから、凌久は葵の潤んだ目を真っ直ぐに覗き込んだ。

「俺と一緒に住むよね？」

「で、でも——」

「〝でも〟じゃないでしょう？　〝うん〟って言うまで離してあげない」

ズンズンと子宮口を連続で突き上げながら、葵の身体を玩《もてあそ》ぶ。挿れながら蕾を撫で擦り、くりくりと押し潰して腹の奥を雁で引っ掻き回す。敏感な処をいじられて、葵の感度が上がった。

「やだ、あぁ……んん～うぅ～なんかくる、きちゃう、だめだめだめ——あぁ——……」

濃密な快楽に音を上げた葵から、とぴゅっと快液が飛び散って、隘路の締まりが引き込むものに変わる。こうなると翻弄されるのは今度は凌久のほうで——

「う、ぉ——」

迫り上がる射精感と闘うことにさえ、快感を覚えて呼吸が荒くなる。

(あ——ゴム、外したい)

そしてめちゃくちゃに奥を突いてやりたい。たっぷりと中出ししてやりたい。もちろん、一度で済むはずがない。何度も何度も何度も——……

自分の雄《おす》としての本能を振り切るように、荒く鋭く腰を振りたくる。

「ま、まって、いってるの、いま、いって——ああっ、だめ、こんなにしちゃや、こわれちゃう、こわれちゃうからぁ」

「だーめ。やめてあげない」

今、抜いたら、ゴムを外して挿れてしまう。彼女の中で出してしまう。彼女がいやがっても犯してしまう。

本能を抑え込むように、葵の身体を押さえつけ、貪る。遠慮ないピストンを繰り返し、子宮を揺らす。それは避妊こそしているものの強制的な交尾で、葵を雌になる歓びに堕《お》としていく。

「アアッ、いく、いく、んうううう〰〰〰ああああ——————っ！」

すっかりぐちょぐちょになった雌穴に緩急を付けて抜き差ししながら、感じすぎて涙に濡れた瞳に問いかける。

「ね、俺と一緒に住むよね？」

「……うん……」

半分意識が飛んだ葵から望んだ答えを引き出してほくそ笑んだ凌久は、更に彼女の奥へと侵入した。

第四章

——ギシッギシッとベッドのスプリングが荒く軋《きし》む。凌久の力強い打ち込みをお腹の奥で受け止めながら、葵《あおい》は大きく仰《の》け反《ぞ》った。

「んっ、んっ、あっ！」

「葵さん、大丈夫？　俺、激しくない？」

ゆるっと腰をとめた凌久《りく》が、髪を撫《な》でながら目を覗《のぞ》き込んでくる。気遣ってくれる彼の優しさに微笑《ほほえ》みを返して、葵は小さく頷《うなず》いた。

「大丈夫……」

「よかった。俺、気持ちよすぎて、また興奮してとまらなくなりそうで……」

言いながら、凌久は葵の手を取り、甲にキスしてくる。中をねっとりと掻《か》き回すような腰遣いが気持ちいい。

正式に付き合いはじめるのと同時に、凌久に強く請《こ》われた葵は彼のマンションで一緒に住むようになった。

彼との生活レベルの差を心配していたが、意外なことに大きなトラブルはひとつもなかった。凌久はこれまで以上に優しくて、葵を大切にしてくれる。ただ、本当に送迎しようとする彼をとめるのはだいぶ骨だった。葵が出入りしているテレビ局や撮影スタジオには、当然、カヴァリエに勤務している凌久の顔を知っている人だっているはず。人に見られたときになんて言えばいいのか。下衆《げす》の勘ぐりをする人は絶対にいるのだ。「贔屓《ひいき》されてると思われたくないの」と言ったところで、凌久はようやく引き下がってくれた。

代わりに、家事はほぼ全部請け負ってくれる。凌久は「苦にならない」と言うけれど、さすがにおんぶに抱っこは申し訳ないので、葵が早く帰ったり、逆に遅く出勤したりするときには、家事を任せてもらう。

そしてふたりの休みが重なるレアな日は、こうして朝から晩までずっと一緒。心も身体も凌久に満たされて、葵は今まで感じたことのない幸せに包まれていた。

「私、こうやって優しくしてもらうのも好きだけど、凌久さんが我慢してるんだったら、やだな。凌久さんにも気持ちよくなってほしいの……その……私の身体で……気持ちよくなって……？」

自分が感じているこの想いを凌久にも感じてほしくてそう言うと、彼はギュッと葵を抱き締めて胸に額をぽすんと置いた。

「……そういうこと言わないで。ほんと興奮するから」

ビクビクと身体の中で凌久の物が動く。そのことにドキドキしていると、照れと恨みがましさの混じった目が見上げてきた。

「わかってるでしょ？　俺は葵さんにしか興奮できないの。葵さんとじゃないと気持ちよくなれないいんだよ？　あんまり興奮させると、俺の性欲全部、葵さんの身体で受け止めてもらうことになるよ？　いいの？」

「いいよ」

凌久はブスッとした口調だったが、当の葵はあっけらかんとしたものだった。そんなの当然だ。愛する凌久に求められるのなら、全力で応えたい。凌久が葵じゃないと駄目だと言うように、葵も凌久じゃないと駄目なのだ。これは身体の相性だけでなく、気持ちの面もそうだった。彼と一緒にいるだけで幸せになれる。

「好きだから」

自分の気持ちを口にしたら、こそばゆいのにスッキリする。

飾らないストレートな言葉は、ときに幼稚になりがちだけれど、それでもいい。〝好き〟な気持ちをどれだけ遠回りに格好よく言ったとしても、伝わらなければ意味がない。凌久に自分の気持ちを隠さなくていいのだと知ってから、葵は頻繁に気持ちを口にするようになっていた。

「まーたそういうことを言うんだから……」

顔を赤くした凌久は、葵の胸元に顔を埋《うず》めてひと通りもんどり打ってから、またじとーっとした目で睨《にら》んできた。

「最初のとき、興奮しまくった俺に、何時間も好き放題されたの忘れちゃった？」

「覚えてるよ。気持ちよかった……あんなに満たされたの初めてで——凌久さんはいつも私を満たしてくれるの。大好き」

忘れるわけない。でもあえて訂正するなら、興奮した彼に何時間も好き放題にされたのは、なにも最初に限らない、というところか。

「ううう……大事にしたいのに、葵さんが大事にさせてくれない。俺を興奮させて獣《けもの》にしようとする」

「ふふふ」

かぷかぷっと乳房を甘嚙《が》みして、抗議する凌久が可愛《かわい》い。仕草《しぐさ》のひとつひとつが愛おしくて、大好きな亜麻《あま》色の髪に手を伸ばした。凌久の髪をくるくると人差し指に巻きつけていると、彼が頰を膨らませる。可愛すぎて思わずツンと突きたくなってしまう。

「吞気《のんき》に笑ってるけどさ、ある日突然、興奮した俺に襲われても文句言わないでよ。めちゃくちゃにされても全部受け止めて。俺がいきなり興奮する原因なんて、葵さん以外に絶対にあり得ないんだから。そういうときはね、葵さんが絶対になんかしたんだよ。俺が興奮するようなことをしてるんだって反省して！」

「あーもう！　なんだよ。その返事。可愛いすぎ。もうこれ以上好きにさせないで。ただでさえ、どうしたらいいかわからないくらい好きなのに――」

「私も好き」

「興奮するからやめて。わかってるから、俺のこと好きとか言わないで。そのうちやめてって言われても、やめてあげられなくなるから。俺から逃げたらここに閉じ込めるよ？」

閉じ込めるだなんて、できもしないことを言うんだから。この人が優しいのは、もう充分に実感している。想われていることが嬉《うれ》しい。求めるだけじゃなくて、求められることが幸せで心がふわふわする。

そうして葵が笑っていると、「本気なんだけどな」なんて言いながら、凌久も笑う。

「お仕置き！」

「あっ！」

両手をベッドに押し付けられたと思ったら、グッと強く奥まで挿《い》れられて、目の前に白い火花が散った。凌久は見せつけるように葵の膝頭を舐《な》めて、抽送を速めてくる。

「んっ、んっ、あっ！　ああっ！　ひぁあん！」

ぐじゅっ、ぐじゅっ！　とした濡《ぬ》れ音と感じきった自分の声がこだまして恥ずかしい。

でも――

「きもちぃ……きもちぃよ……ああっ、そこ……はぁ、や……ああっ、ひんっ！」

「中、すっごい、ぐちょぐちょ。おかしくなるくらい気持ちいい？」

挑発的な彼の問いかけに頷くと、いっそう深く挿れられてしまう。

「はぁああんっ！」

「好《い》い処《とこ》見つけちゃった。ここトントンってしてあげるね」

甘い囁《ささや》きとは裏腹に、強引な突き上げに頭の中が真っ白になって、身体がビクビクと痙《けい》攣《れん》していく。子宮口を押し上げながら雁首で媚肉をゴシゴシと擦《こす》られる。

優しいセックスもいいけれど、こうやって身体の中をぐちゃぐちゃに掻き乱されて、蕩《とろ》けてしまった奥をいっぱい突かれるセックスが一番好きかもしれない。子宮が揺れるくらい強くされると、ひどく濡れる。いきっぱなしになったら、なにも考えられない。絶頂に絶頂が追いかけてくる感覚は、何度味わっても新鮮で癖《くせ》になる。

彼がくれる濃密な快楽は、肌と心が深く共鳴して得られる至高の歓びだ。何度も囁かれる愛の言葉に、心が震えて蕩けていく。

大好きな人と繋《つな》がって、溶け合って、ひとつになる感覚。この人がいい、この人でないと駄目なんだという女の本能だけが残る。この人になら自分のすべてを捧げられる。

「すき……」

素直な気持ちが短い言葉になってあふれると、凌久がふわっと笑って額に額を重ねてきた。

「俺も好きだよ。愛してる。離さない」

そのまま唇が合わさって溶けていく。彼はその言葉通り、葵を離さなかった。

◆　◇　◆

初回と同じ、国際会館の会議室で行われたファッションショーの二回目の打ち合わせに出席した葵は、配られたメンバーチェンジの書面を見て密《ひそ》かに眉を上げた。

（あ……）

市川《いちかわ》がスタッフから下ろされている。彼だけではない、もうひとり裏方スタッフが――知らない人ではあるが、名前からして男性が変更されているではないか。ショーの予定と合わなくなったんだろうか？　ショーは大きな案件故《ゆえ》に打ち合わせが多い。そこに他の稼げる仕事を入れたくなる人もいるだろう。なにもショーだけが仕事じゃないんだから。

（なんか知らないけど、しばらくは顔見なくていいってことか。ああ、よかったぁ）

ひとり胸を撫で下ろしていると、隣に座っていたアザミが耳打ちしてきた。今回の打ち合わせには彼女も最初から出席している。珍しいことだ。

「市川、やらかしたみたいよ」

「やらかした？」

どういう意味だろう？　予定が合わなくなったわけではない？

「カヴァリエの案件に市川は出禁なんだって。このショーだけじゃないのよ。全部よ、全部。うちに代打の打診が来たもの」

「！」

葵は驚いて息を呑んだ。

アザミクラスの実力者が、今日のような細かい打ち合わせに出るのは珍しいと思っていたのだが、なるほど。アザミのサロンに所属しているスタッフが代打参加だから、紹介のために出席したのかとひとり納得する。

（それにしても……）

市川は実力あるヘアメイクスタイリストだ。彼が関わっている案件は多かったし、彼と懇意にして指名していたタレントだっていたはず。それを全部外されたということなのか。

普通に考えても致命的。いや、カヴァリエだけならともかく、他の広告代理店の案件も外されることになれば、スタイリストとしてご臨終である。心の中でそっとご冥福を祈る。

まぁ、仕事自体はサロンで美容師としての道を歩んだり、ブライダルのような広告以外の仕事を受けたり、規模を縮小してやれないこともないはずだ。

「どなたかのご不興を買ったんでしょうね」

「それ以外にちょっと考えられませんよね」

(うわぁ……誰の不興を買ったんだろ？　大物タレントさん？　市川くんを外さないとカヴァリエの案件はもう受けないとか、そういう話でも出たのかな？)

この件にまさか自分が関わっているとは夢にも思っていない葵である。ましてや、市川外しを指示した人物が自分の恋人だなんて想像すらできていなかった。

「まぁ、あいつ、裏でいい話あんまり聞かなかったからねぇ」

「えっ、そうなんですか？」

(怖っ！　全然知らずに付き合ってたわ……)

「モテるでしょ、あいつ。だから派手に遊び回ってたのよね。でも遊び方は悪いし……そろそろやんちゃじゃ済まないぞーって思ってたんだけど、やっぱりか」

アザミの話を聞く限り、市川が外されたのは普段の行いのようだ。知らなかった。でも確かに、葵を襲おうとしたときの彼は、とても素行がいい風には見えなかった。あれが彼の本性だったんだろう。まったく見抜けていなかったけど。もうひとりの裏方スタッフも、なにかあるのかもしれない。葵にわかったことは、カヴァリエの案件で今後、市川と顔を合わせることはないということだ。はっきり言って嬉しい。

「まぁ？　うちのスタッフを市川の代打としてこのショーに出せることになったから、チャンスね。葵ぃ～アタシがいないとき、うちの子たちに気を配ってやってねん。あんたになら安心して任せられるわ。あとで挨拶《あいさつ》させるから」

「アザミさんにそう言ってもらえるなんて嬉しいです。できる限りのことはさせてもらいますから」

　大先輩からの信頼を受けて、葵は笑顔で頷いた。

◆　◇　◆

　十一月。いよいよ本格的な繁忙期に入った。今日はお正月特別番組のスタジオ収録だ。スタジオだけ先に撮影して、ロケは十二月に入ってから撮影することになっている。花形モデルのアレクサンドラ・ニーナは今日も主役級の美しさだ。

「ニーナちゃん、よろしくお願いしますね」

　控え室の鏡の前に座ったニーナに、葵は笑顔で挨拶した。

「葵さん！　よろしくお願いします！　今日も超可愛くしてくださいっ！」

「任せてください！　見てみて。ニーナちゃんのためにチョイスした着物はこれです！じゃーん！」

　たとう紙を広げて雪輪《ゆきわ》が描かれた朱《しゅ》色の振り袖を見せると、ニーナが目を輝かせて興奮する。

「きゃーっ！　めちゃくちゃ可愛い！　わたし、着物初めてなんです！」

だからこの撮影が楽しみだったんだとニーナが言う。確かに彼女はまだ成人式前。

「そうなんだね。今回は柔らかめのメイクに仕上げます。着物は華やかだけど、どうしても固い印象になっちゃうからね。メイクとヘアアレンジで丸みを出していく方針です」

メイク方針を伝える一方、葵の頭の中は忙しい。着物は着崩れがあるから気が抜けない。しかも、メイク、ヘアセット、着付けで二時間はかかる長丁場だ。サポートはいない。葵が呼ばれたのはニーナの担当だからということもあるが、葵が着付けもできるヘアメイクスタイリストだからなのだ。どこも経費削減の流れはあるから、あれこれひとりでできる葵は重宝される。

（着慣れてないならしっかり着付けないと。帯の造りを盛りすぎると座れないかも。正面からの撮影が多いから帯揚げアレンジを派手にしたほうがヒキがいいね。着物を着たときの注意点も教えて――）

コンコン！　葵の思考を鋭《するど》いノックが割って入ってくる。今からメイクなのに誰だろう？　ディレクターがニーナに撮影指示に来た？

「どうぞ」

ニーナが返事をすると、勢いよく控え室のドアが開いた。

「葵さん！　トラブル発生です！」

入り口で叫《さけ》んでいるのは若いＡＤだ。ニーナにではなく、葵に。しかもトラブルの連絡とあっては一気に緊張が走る。ニーナの衣装に関しては葵自身が用意したし、抜けはないはずなのだが。

「詳しく」

「実は隣のスタジオも撮影があるんですが、そっちにメイクさんが来てなくて。どうもちゃんとメイクさんの予定を押さえられてなかったみたいで、こっちに来られないそうなんです。あっちもカヴァリエの案件なんです、葵さんに入ってもらうわけにはいきませんか？」

「ええっ、遅刻じゃなくて、完全に来られないの!?」

「はい……人がいなくて今から代打も難しいそうで……」

ニーナが出演するお正月特別番組もカヴァリエの案件だ。依頼主が同じなのだから対応してほしいということなんだろう。ＡＤの後ろに不安そうにしている女の子がチラッと見えた。たぶん、この子がトラブルの被害者のタレントだ。

（無理ですって言うのは簡単なんだけど……ああ……）

葵なら対応してくれるかもしれない、という期待があるから話が来たのだ。その期待と信頼を裏切りたくはない。そしてなにより、このトラブルを葵が無事対応できれば、ヘアメイクスタイリストとしての株が上がる。

(それに、カヴァリエ……)

凌久の会社の案件ならば、少しばかり無理をするのも吝《やぶさ》かではない。

「何人？　性別は？　衣装は？」

矢継ぎ早に質問を飛ばせば、ＡＤが後ろから細身の女の子を引っ張り出した。

「この子ひとりです！　衣装はあります！」

やっぱりこの子だった。落ち着いたダークブラウンの髪は腰まであり、ぽてっとした唇が印象的で可愛らしい。葵も業界歴はそこそこあるが、初めて見るタレントだ。もしかして新人？　ニーナより年上……葵よりは下だろうが、二十五、六歳かそれぐらいだろうと当たりを付ける。

(今回は着付けだから時間もゆとりを持って確保してる。ひとり増えても大丈夫)

——私ならやれる。

葵は深呼吸してニーナに向き直った。

「ニーナちゃん、お願いがあります。控え室を半分、こちらのタレントさんにお貸しいただけませんか？」

葵ひとりでタレントをふたり同時にメイクするには、タレントが同じ部屋にいてくれたほうがいい。ニーナの着付けがあるし、葵がメイク道具を持ってスタジオを行き来するよりは、メイクが仕上がった状態でトラブル先のタレントだけ移動したほうが理に適《かな》っている。でもニーナ次第だ。ニーナがダメだと言えば、ダメ。なにせ葵を指名してくれているのは彼女なのだから。

葵が頭を下げると、ニーナの明るい声が控え室にこだました。

「いいですよ！　困ったときはお互い様！　ですもんね！」

「ニーナちゃん……」

本当にいい子だ。だから彼女は現場に好かれるし、仕事が絶えない。この優しい彼女をもっともっと綺麗《きれい》にして送り出さなくては。

「ありがとう！　絶対手は抜かないから！　後悔はさせないわ！」

ニーナに固く誓うと、葵はＡＤに向き直った。

「私がやります。衣装と指示書をください。指示書がないならディレクターを連れてきてください」

「わかりました！　すぐ取ってきます！」

葵の指示を受けてＡＤが控え室を飛び出していく。ＡＤに置き去りにされておどおどしている被害者のタレントに、葵は笑顔を向けた。

「私はシエリウム所属のヘアメイクスタイリスト、間宮《まみや》葵です。今回は私が担当させてもらいます。よろしくお願いします」

「サワプロ所属の中森《なかもり》ミリアです。もうどうなることかと……本当によかったぁ……」

ミリアは相当不安だったのか、ちょっぴり泣きそうになっている。そして彼女は、控え室のシェアに同意してくれたニーナに向かって、ガバッと九十度腰を折った。

「ニーナさん！　新人の中森ミリアです！　はじめまして！　テレビも雑誌もニーナさんが出たのは全部チェックしてます！　憧れのニーナさんに助けてもらえるなんて本当に嬉しいです！　ありがとうございます！」

葵に自己紹介しているときとは違って、かなり力が入ってハキハキしている。先輩タレントへの尊敬と緊張が見て取れた。裏方の葵にお礼を言わないのは褒《ほ》められたことではないが、まだ未成年のニーナに対して、年下だからと馬鹿《ばか》にしないところには好感が持てた。

「大変だったね。葵さんは最高のメイクさんだよ。カメラ写りバッチリだし、自分史上最高になれるから。わたしはいつも葵さんを指名させてもらってるの。ミリアさんはサワプロなんだよね？　サワプロの有名どころだとRe《レ》＝M《ム》も葵さん指名だよ」

「ええっ、あのアイドルユニットのRe《レ》＝M《ム》も⁉　激ヤバ！」

ミリアは「うんうん」と頷きながら葵に向き直って、ニコッと無邪気な笑みを浮かべた。

「葵さん、あたしのこともニーナさんみたいに綺麗に可愛くしてくださいっ！　お願いしますっ！」

可愛い女の子をもっと可愛くするのはメイクと笑顔だ。綺麗な二重《ふたえ》は垂れ目で、涙袋もしっかりある。猫のようにいたずらっぽく上がった口角。滑らかな顎ラインに伸びやかな首筋。この子の笑顔はカメラ映《ば》えするだろう。

（垂れ目を強調しすぎないメイクがいいかもね。おでこ上げても可愛いかも）

葵はミリアに似合うヘアメイクを考えながら、彼女を椅子《いす》に案内した。

「こっちに座ってね。指示書が来るまで待機で。——ニーナちゃん。ニーナちゃんも座ってね。保湿パックしよう」

並びでニーナも座らせ、彼女の顔にパックシートを置く。保湿だけでなく肌の熱感を下げることは、ベースの保持力を高める重要なポイントだ。撮影時にライトをガンガン当てられるから、どうしてもメイクが崩れやすくなる。そこを崩さないための小さくて大きな工夫。ふたり同時進行するために、ニーナのパック中にミリアの衣装を確認する。

「ニーナさんは、いつから葵さんにメイクしてもらってるんですか？」

ミリアがニーナに話を振っている。ニーナは「デビューのときが最初だよ」と答えながら当時を懐かしんでいるようだった。

「デビューのときに葵さんにめちゃくちゃ綺麗にしてもらったんだよね。二回目のお仕事のときは葵さんじゃない、局付きのメイクさんだったんだけど、なんか顔が違う？　って思っちゃって。葵さんじゃないとダメなんだって実感しちゃったんだ。今度ファッションショーに出るんだけど、もちろん葵さん指名だよ！」

「もう、ニーナちゃんったら」

売れっ子のニーナに持ち上げられて、こそばゆい気持ちを味わいながらも、自分のメイクを気に入ってもらえたことは純粋に嬉しい。

「ニーナさん、ファッションショーに出るんですか。いいなぁー。あたしも出たいなぁ。どうやったら出られます？」

「十二月のショーだし、さすがに今からキャスティングは無理じゃないかな。もう打ち合わせも何回も終わってるし」

「えーっ、そういうもんなんですかぁ」

ニーナとミリアがショーについて話しているのを聞くともなしに聞いていると、鋭く短いノックのあとに、控え室のドアが開けられた。

「葵さんっ！　指示書持ってきました！　それからえっと、カヴァリエの営業さんです」

衣装から顔を上げると、開け放たれたドアの向こうにいたのは——

(凌久、さん)

目を丸くして動きをとめる。いや、彼がカヴァリエの営業ということは知っていたのだが、こうして現場で顔を合わせることになるとは微塵《みじん》も思っていなかったのだ。普通、こういった現場に出てくるのは、主に企画部の人間だから。

凌久のほうも葵を見て驚いたようだったが、すぐに柔和な笑顔になった。彼の笑みを見て、葵も自然と頬が緩む。

凌久以外にも、先ほどトラブルを連絡してきたADと、葵が知らない男性。ニーナのマネージャー、それからサワプロダクションの女傑《じょけつ》と言われる営業の女性の姿がある。彼女には葵も何度か挨拶したことがあった。

「ミリアさん、今回はすみませんでした。プロダクションのほうにもカヴァリエから謝罪が入るそうなので……」

「はーい。わかってますよ～。凌久くんの顔を立てて、穏便に、ですね！」

（凌久、くん？）

ピシャッと葵に衝撃が走り、笑顔が消える。それは凌久も同じだった。

「え、凌久くんって？」

ニーナが顔のパックを落として目を剝《む》く。売れっ子ニーナから年相応の無邪気な一面が飛び出て、控え室に入ってきた大人たちを一巡する。

この場に男性はふたり。凌久と、葵が知らない男性だ。ふたり共が〝凌久〟という名前の可能性もあるにはあるが——

「あっちのカヴァリエの営業本部長さんが相馬《そうま》凌久くん。カヴァリエ現社長の息子さんだから、ニーナさんも挨拶しといたほうがいいですよ！ ミリアね、凌久くんと最近まで付き合ってたんですよぉ～。ミリアが小さい事務所にいたから、凌久くんがサワプロ移籍も手伝ってくれて、それでカヴァリエのお仕事を紹介してもらえるようになったんですぅ～。

そしてミリアが再デビューするときには、〝頑張って〟って言って別れちゃうんだから。ほんと、凌久くんには感謝しかなくて。ほんといい彼氏で」

「ミリア、しーっ！　そういうことはしーっ！」

凌久ではないほうの男性が、ミリアの側《そば》に寄って、子供を黙らせる親のように、自分の口に人差し指を当てて「しーっ」を繰り返している。

（え……？）

元気いっぱいに落とされた爆弾発言にフリーズするしかない。

（付き合ってた？　凌久さんと？　え？　じゃあ、凌久さんの元カノってこと？）

つまり凌久が泣くほど好きだった彼女が、この子？

別れた経緯《いきさつ》は凌久から聞いていたものの、ミリアの口から出てくるものとは違う。けれども、ミリアの移籍に凌久が関わっているのは嘘《うそ》ではないのだろう。ミリアを必死に黙らせようとしている男のポジションがよくわからないが、彼の行動が逆に真実味を帯びさせてしまっている。

ミリアのコネ採用。それを可能にするだけの力が凌久にあるということか。

（営業、本部長……現社長の息子……）

凌久が営業本部長というのは知っている。けれども、凌久がカヴァリエ現社長の息子だというのは知らない。初耳も初耳。

──葵さんの経歴になりそうな大きい仕事を優先的に回そうか？　指名で。

以前、凌久に言われたことを思い出す。

（………）

つまりは、ミリアがカヴァリエ案件の仕事を回される経緯には、葵も心当たりがあることになる。

頭の中がぐるぐる回る。

（まだ、会ってる……？　いや、でもこの子も別れたって……言って、る……）

別れたのは確実なんだろう。今、彼と付き合っているのは他ならぬ葵だ。一緒に住んでいるし、一日のほとんどを凌久と過ごしているから、彼に他の女と会うような時間はないはず。だが、仕事中は話が別だ。相手がタレントなら、仕事中にいくらでも会える。

それに別れていても、気持ちまで離れているとは限らない。

ミリアの言う通り、彼女の夢を叶《かな》えるために、凌久が身を引いただけかもしれない。

凌久が彼女のことを泣くほど好きだったことは知っている。彼の涙を葵はしっかり見ているのだ。カフェで静かに涙していた彼の姿を、葵は忘れることができない。

とても優しくて情に厚い人だから、凌久は今でもミリアとなんらかの繋がりがあるのかもしれない。本人が言う通り、仕事を融通させるほどの気持ちの繋がりとか。

もしそうだとしたら、辛《つら》すぎる。自分は凌久の一番にはなれないのか？

今のやり取りを見る限り、心を残しているのは彼だけではないのかもしれない。

顔には出さずに凌久の様子を窺《うかが》う。彼はわずかに目を細めると、鏡越しのミリアを無表情に見つめていた。

「誤解を招くようなことを言わないでもらいたい。――村田《むらた》マネ、タレントの言動はコントロールしておいてください。不愉快だ」

「あっ！　はい！　申し訳ございません！」

村田と呼ばれたもうひとりの男が、凌久に向かって九〇度に腰を折る。彼がミリアのマネージャーか。どうりでさっきから必死にミリアを黙らせようとしているわけだ。だが当のミリアはというと――

「え～っ。ホントなのにぃ。そうそう、あたし、ファッションショーに出たい！　ねぇ、村田さん、ファッションショーの仕事取ってきて！　お願ぁい～」

「えっ、ショー⁉︎」

この調子だ。悪びれる様子すらない。

謝罪する村田もぶーたれるミリアも無視して、凌久は葵の前に来た。

「葵さん、急なことにもかかわらず、引き受けていただいてありがとうございます。助かりました。でも葵さんなら、安心してお任せできます」

いつも見慣れた笑顔が、今は引き攣《つ》って見える。なにか言いたそうだけれど言えないもどかしさを湛《こら》えた表情に、葵も思わず苦笑いを浮かべた。

今夜、いろいろ聞かねばならないのかもしれない。

「……いえ、私でできることでしたので……」

「今回の件は、シエリウムにも話を通しておきます。あとでお時間いいですか？　ギャラの話もありますけれど、ちゃんとお話させてください」

「あ、はい……。わかりました」

ビジネスライクに徹しながらも、凌久が遠回しに『説明するから聞いて！』と訴えてきているのがわかる。

「では皆さん、とりあえず出ましょうか。原因と再発防止策はこちらで話しましょう」

凌久が促して人がゾロゾロと退席していく。ニーナとミリア、そして葵の三人になってから、葵は小さく肩を竦《すく》めた。

「ちゃっちゃと用意しましょうか」

「はーい」

「お願いします～」

パックを落としたニーナに新しいものを渡す。そんな葵をミリアが鋭い目で睨んでいた。

◆　◇　◆

「葵さん！　お帰り！」

帰宅した途端、凌久の熱い抱擁に出迎えられた葵は、いつものように彼の背に手を回していいものか一瞬だけ迷ったものの、結局はゆっくりと手を回した。

「ただいま。凌久さんもお帰り。お疲れ様」

凌久も帰ったばかりなんだろう。まだスーツ姿の彼からは、香水の香りと同時に少し疲れた匂いがする。

ポンポンと凌久の背を軽く叩《たた》いて離すように促してみるが、彼はぎゅうぎゅうに葵を抱き締めてくる。

「葵さんがもう帰ってきてくれないかと思った」

「…………」

どうしてそんなことを、と口をついて出ようとした言葉を呑み込む。実際、ここに――凌久の部屋に帰るのに、勇気を必要としたのは事実だから。

でもこうやって抱き締められると、やっぱり嬉しい。凌久とミリアの関係が気になってしょうがないのに、彼に抱き締められることに幸せを感じてしまう。

――この人の気持ちが私にあればいいのに。

そう、強く願ってしまう。

凌久は葵の存在を確かめるように何度も頬擦《ほおず》りすると、ようやく離してくれた。そして葵の手を引いてリビングへと向かう。

「驚いた？　俺がカヴァリエ代表の息子だったから」

振り向きざまに向けられた少しバツの悪そうな凌久の苦笑いに、釣《つ》られるように笑う。

驚いたけれど、凌久の出自よりも彼とミリアの関係のほうが気になるのが葵の本音だ。

「隠してはないんだ。相馬って名前を聞いただけでわかる人はわかるって感じ。うちの会社、家族経営だから役員みんな相馬だしね」

「そうなんだ」

凌久の名刺を貰《もら》ったときに、葵がネットで調べるなりすれば、カヴァリエ代表の苗字からそれとなくわかったことなのか。知っている会社故に調べようとも思わなかったけれど。でも、代表の息子と聞いてしまえば、凌久のマンションに来て感じた特別感の正体がわかった気がする。

「今日はごめんね。うちの不備で葵さんに迷惑かけて」

「あ、ううん。私は全然大丈夫。ニーナちゃんも協力してくれたし、ミリアさんもいい子だったし」

ミリアはいい子だった。葵ひとりでふたりをメイクするから、どうしても待たせてしまうことになる。正直、凌久の名前を出して自分を優先しろなんてワガママを言い出すかと警戒していたのだが、そんなこともなかった。

彼女の仕事は、大手携帯キャリアの新規ポスターやカタログなどの商材イメージとして使う、写真の撮影だった。今期のイメージキャラクターに抜擢《ばってき》されたミリアに携帯キャリアの制服を着せて、指定ポーズを撮影するというもの。完成したら携帯キャリアの店舗はもちろん、サイトや駅に巨大ポスターとして掲載される予定だ。ニーナの撮影の合間に、ミリアのヘアメイクの直しにも何度か入ったが、見る限りは真摯《しんし》に撮影に臨んでいるようだった。

「ふぅん。まぁ、あの人のことは気にしないで。本当にもうなんでもないんだ。まぁ、融通を利かせるようなことになっているのは確かなんだけど……」

ソファに座った凌久は、葵を見上げながら困ったように笑った。

「どうして別れたかは知ってるでしょ？　それがすべてだよ」

ミリアが浮気したのが原因だと、凌久は言ったことがあった。遅漏《ちろう》を気にした凌久が抱かないことを、彼女が不満に思ったのだと。

(でも、ミリアさんの話だと、凌久さんが身を引いたように聞こえるんだけど……)

思ったことは口にしなかった。代わりに凌久の隣に座る。彼は葵の手を繋ぎ直して自分の頬に当てた。

「今日だってトラブルがなかったら俺はあの現場に行かなかった。うちのやらかしで、サワプロやクライアントに説明しないといけなかったから俺が駆り出されただけの話で、あの人の案件だから俺が出てきたわけでもないんだ」

現場が頭を下げるだけでは収まらなかったらしい。ヘアメイクの手配そのものができていなかったそうだから、説明責任があるのだろう。

「まぁ、あの人の事務所の移籍を手伝ったのは本当だよ。元は弱小事務所にいたからね。そんなんじゃ来る仕事も来ないから」

（あ、本当なんだ）

ツキンと痛んだ胸を見て見ぬ振りはできない。彼がそこまでする相手なんだということを知りたくなかった。なんの感情もない相手に、便宜を図る理由はないはずだから。そして、彼女にしたのと同じように、葵にも便宜を図ろうとした……

いつの間にか葵は、凌久と繋いでいないほうの手で、自分のスカートをギュッと握っていた。

（だから少なくとも……私はあの子に負けてない……）

こんなことで凌久からの愛情を計ろうとしている自分がいやだ。でも、頭が勝手に考える。比較する。少しでも彼に愛されている証拠と確信を探そうとしてしまうのをとめられない。

なにも言わず、ただジッと耳を傾《かたむ》ける葵に、彼は話を続けた。

「だいたい、あの人は俺のこと嫌いだからねー。抱かない俺が不満だって、紹介したサワプロのプロデューサーと寝るんだもん。浮気すんのは構わないけど、相手選べよって話じゃん？　こっちは関わりたくなくても、紹介した手前、仕事回さないわけにもいかないし……終わってんのに縁が続いちゃってウンザリしてんの！」

彼はそう言うが、強がりにしか聞こえない。

葵にはそう思う根拠がある。

（でも……泣くほど好きだったんでしょ？）

思っていても言えない。

彼がミリアと別れて泣いていたことも、今でも彼が彼女に尽くしていることも、紛れもない事実だから。ミリアを抱かなかったのは彼の身体の問題であって、気持ちの問題ではないはず。

凌久が葵を抱いたのは、心から欲したわけではなく、好奇心。そう、お互いに〝好奇心を満たすため〟に寝た。

ミリアを抱くことができたなら、彼は葵を選んだだろうか？　わからない。

「俺が好きなのは葵さんだから！　俺には葵さんしかいないのわかってるでしょう？」

（どうして私がいいの……？　カラダ……？）

自分に向けられる凌久の優しい笑みに、泣きたくなってくる。

　カラダを抜きに愛し合ったプラトニックな関係のほうが、綺麗で高尚な物に思えてしまう。

　カラダからはじまった下品な関係に、純粋な気持ちまで望んだことが間違いだったんだろうか？

「不安？　この部屋にだってあの人は来たことないよ？　同棲だって葵さんが初めてだし。俺の初めては全部葵さんだよ？　葵さんだけが俺の特別なんだから」

　彼はそう言ってくれるけれど、胸の苦しさは増すばかりだ。見つめる凌久の瞳の中に、今にも泣きそうな自分がいる。泣きたいのに泣けない。ただ苦しいのだ。

「ああ……葵さん。そんなに悲しそうな顔しないで」

　凌久の腕の中に囲われ、そのままソファに押し倒される。彼は葵の頬を何度も撫でて、優しく唇にキスしてくれた。

　抱き締められるぬくもりも、触れる唇の熱さも本物なのに、どうしてこんなに不安になるんだろう？

　彼は葵の頬を両手で包み込むと、コツンと額を重ねてきた。

「葵さんはさ、俺がどれだけ葵さんを好きかわかってないのかな。だから不安になっちゃったのかな？」

　愛されている——とは思う。でも、この人が他の女を愛した過去が苦しい。過去がどうにもならないことはわかっている。でも、今もその気持ちが続いていたら？　自分を愛してる気持ちとは別の不可侵な部分で、今もまだ他の女を愛していたら……？　という思いが拭《ぬぐ》えない。

彼に涙を流させるほど、愛されていたあの子が羨《うらや》ましい。

（私と別れることになったら、あなたはあんなふうに泣いてくれるの？）

なにも言わずに凌久を見つめていると、彼の表情が曇ってくる。葵の頬を撫でながら、彼は目尻を下げた。

「俺が悪いね。葵さんが不安になったのは、俺が気持ちを伝えるのが足りなかったからだ。ごめんね、不安にさせて」

彼は葵を撫でながら、顔中にキスしてきた。

「こんなに愛してるのにな。どうしたら伝わるんだろう？　ね？　どうしてほしい？　どうしたら伝わる？」

「私は……私は……」

言葉に詰まりながら、唇を噛む。

「私しかいないって……」

「うん。俺には葵さんしかいないよ」

凌久は少し微笑んで、頬に口付けながら頷く。その余裕ぶった態度が憎い。もっと必死になってほしいのに……

彼は他の女を抱けない。彼の欲求を受け止められる女はいない。彼を気持ちよくして、どこまでも深く受け入れられるのは、名器と言われたこのカラダだけ。だから彼はこの特別なカラダにもっと執着すべきだし、もっともっと愛するべきで——彼は、女は葵の他にいないことを実感すべきなのだ。

「じゃあ、抱いて！　私だけがあなたの特別なんだって……証明して！」

葵は凌久の胸倉を摑《つか》むと、自分からキスをした。舌を絡め、彼の唾液を啜《すす》って呑み下す。

「……愛されたいの……」

凌久の目がわずかに見開いて、少し細まる。彼は葵を抱き締めて、ワガママを言う子供を宥《なだ》めるようにトントンと背中を叩いた。

「しないよ。身体目当てだと思われたくないからね。俺は葵さんが本当に好きなんだ」

言えば抱いてくれると思っていたのに。特別なものなんて、葵にはこのカラダしかないのに、それをやんわりと拒否されたら、もうどうすればいいのかわからない。

「勘違いしないでね。確かに葵さんの身体、好きだよ。誰にも感じたことなかったけど、葵さんとなら気持ちいい。でも〝葵さんしかいない〟ってそういう意味じゃないから。セックス抜きで、俺は葵さんが好きなんだ。葵さんはね、自立してて、強くて、かっこいいって思ってる。仕事のポテンシャルが高いことも、頑張ってるところも知ってる」

「俺、こういう立場にいるからね、クライアントやタレントの事務所から、ちゃーんと葵さんの評判聞いてるんだよ」なんて言いながら、鼻先をスリスリと合わせてくる。

どうしてだろう？　唐突に涙が勝手にあふれてきた。

「俺は葵さんに本気だから。身体目当てって思われたくないからしない。愛してるからしない」

強く強く抱き締められて、葵はいつの間にか声を上げて泣いていた。

「ううう……凌久さんが好き……好き、なの……ひぅ……他の女《ひと》のこと、特別扱いしないで……私だけを好きでいて……私だけが特別なんだって……お願い……」

口にしてしまえば、なんて子供じみた執着なんだろう。

誰よりも執着してほしいのは、葵自身が凌久に執着しているからだ。彼を自分の特別に決めてしまったから、彼に自分と同じ気持ちを求めている。自分は純粋でもないのに、彼からの純粋な愛を求めている。葵はギュッと強く目を閉じた。

（私……ワガママだ……）

「今日のトラブルの原因ね、本当は俺なんだよ」

突然の凌久の告白に、「え？」っと驚いて目を開ける。見つめた先にいたのは、はにかんだ凌久だ。

「最近俺が、とあるヘアメイクを出禁にしたんだけど、そいつの担当を他に割り振るよう、各企画担当に指示したんだ。でも意外と案件が多かったのかな？　代打連絡しくっちゃったみたいでね。それがさっきの案件ってわけ」

「……………」

今日起こった出来事を思い返してみる。葵を呼びに来たＡＤは『ちゃんとメイクさんの予定を押さえられてなかったみたいで』と言っていた。そして、最近、カヴァリエの案件を出禁になったヘアメイクは――

頭に市川が浮かんで、まさかと息を呑む。そんな葵に、凌久は無邪気な笑みを向けた。

「俺の葵さんにちょっかいかけたあの元カレくん、出禁にしちゃった」

「え……」

まるで邪魔なゴミを捨てておいたよ、と言わんばかりの無邪気さに、涙がとまる。

「葵さん、あいつとショーで一緒になってたよね？　あんな奴と葵さんが同じ案件をやるなんて冗談じゃないからね」

「へ？」

思ってもみなかった事態に、心臓がバクバクする。市川の突然の失脚に、まさか凌久が関わっていたなんて！

（つまり、市川くんが不興を買った相手って――）

目の前の男がニコニコしながら葵の頬を撫でてきた。

「〝絶対後悔させてやる〟って言ったでしょ？」

底知れぬ凌久の笑みに、一瞬で葵の表情が引き攣った。

「あ、ちゃんと調べたからね。調べた上で、いろんな女性スタッフに手を出してるし、素行も悪いし、薬物に手を出してるって噂《うわさ》もあったし、このままじゃいつか大事《おおごと》になるって思ったから、契約解除しただけだからね。葵さんが責任感じることないよ？　葵さんがそんなに不安なら、ミリアも出禁にしよっか。俺が一番大事にしたいのは葵さんだから。あの女、ショーに出せとかなんとか、いろいろ無理強いしてくんの、もうウンザリ。顔も見たくなかったしちょうどいい――」

「ちょ、ちょっと待った！　大丈夫、大丈夫だから！　大丈夫！」

軽く目眩《めまい》がして、葵は眉間を押さえた。

市川の場合は原因が彼にあったようだけど、このままでは凌久が自分にとって葵が特別なことを証明するためだけに、ミリアを出禁にしかねない。ショー云々《うんぬん》は置いておいて、後ろ盾である凌久が背を向ければ、新人のミリアはタレントとして終わりだ。

そんな暴挙を葵は断じて望んでいない！

「そういうことはしちゃダメ！　しないでって言ったでしょう⁉」

「……葵さん、俺のこと嫌いになった？　葵さんが〝絶対しないで〟って言ったことは、俺、してないよ？」

「……市川くんのこともそうだけど、他の人を排除したら、似たようなものじゃない？」

顔から手を退《ど》けると、凌久はキョトンと首を傾《かし》げた。

「どうして？　葵さんを贔屓してるんじゃなくて、ヘアメイク葵を頼りにしてるんだけど？　葵さんの実力を確認した上で任せたい仕事、力を借りたい仕事を回してる。ゴミを排除したらいいものが残った。それだけのことだよ？」

「…………」

彼はそう言うが、そういうものなのだろうか？　本当にそれでいいのだろうか？

葵がぐるぐると考えている間、彼は押し黙っていたが、意を決したように口を開いた。

「葵さんのお願いはなんでも聞きたいけど、あの男の出禁は解かないよ。会社としてもあいつの素行の悪さは問題視してるから。俺には出入りの業者さんやタレントを護る義務がある。お願いだからあいつを庇《かば》わないで。あいつが葵さんに庇われたら、本気でムカつくから。これ以上俺が動くと、ただの私怨になっちゃう」

甘えるように、葵の胸に倒れ込んできた凌久をそっと抱き包む。

「凌久さんは……私と別れることになったらどうするの？」

「は？　俺と別れたいの？　まさかソレがお願いとか言わないよね？　なんでそんな話になるの？　俺があいつを出禁にしたから？」

パッと顔を上げた凌久の目が鋭くなる。両手を葵の顔の横に突き、瞬《まばた》きすらせずに見つめてくる。その見慣れない眼光に驚いて、慌てて首を横に振った。

ただもし自分と別れたら、ミリアと別れたときのように、落ち込んで泣いてくれるんだろうかとついこぼれてしまっただけで、別れたいだなんて思っていない。

「いや、もしもの、話」

「ああ、よかった。もうそんな話しないで。嫌だよ。考えたくもない。葵さんのお願いならなんでも聞くけど、それだけはだめ」

腕の包囲を解いて、スリスリと甘えるように頬をすり寄せながら、何度も「冗談でも言わないで」と念押ししてくる。そんな彼に少し笑ってしまった。〝それだけは聞けない〟お願いが、もうふたつもある。

「だったら、私のお願いはなんなら聞いてくれるの？」

凌久は少し考える素振《そぶ》りを見せて「それ以外」と真面目に言った。たぶん、本当にそうなんだろう。この人は葵の希望に添おうとしてくれている。葵を安心させるために手を尽くしてくれる。

葵の知らないところで凌久が動いていたことには驚いたが、正直、嬉しかった。彼の行いが怖くもあるのに、ヘアメイクとしての自分を頼りにしてると言われたことが嬉しかったのだ。

彼の手の届く範囲が普通の人より大きいから、結果も大きくなってしまうだけの話。凌久が葵を思ってしてくれたことに変わりはない。葵が望んでいるのは、日常にある些細《ささい》な幸せだけれど、それにも全力で応えようとしてくれるだろう。

この人を信じよう。ミリアとの関係はもう終わっていると彼が言うのなら、それが真実だ。葵が不安に思えば、この人は葵への気持ちを証明するためだけに暴走しかねない。そんなことは望んでいない。今、葵が望んでいるのは——

「じゃあ……して、ほしいな。愛されてるって身体ごと実感したいの」

ジッと凌久を上目遣いで見つめると、彼の表情がふにゃっと柔らかくなった。

「葵さんに、してって言われたら、しないなんて言えないじゃないか——だって本当はしたいんだから」

ぷいっと目を反らせて唇を尖《とが》らせる凌久が可愛くて愛おしい。

「俺の誓いは、葵さんのひと言には勝てないんだ」なんて言いながら、葵を横抱きに抱え上げ、寝室へと歩き出した。

「葵さんは俺に甘い」

「凌久さんも、私に甘いでしょ?」

ベッドに寝かされながら問いかけると、凌久はシャツを一気に脱いで上半身裸になり、葵に覆《おお》い被さってきた。

「甘いかもね。いいんだよ、それで。葵さんは自分に厳しいから。葵さんをどろどろに甘やかすのは俺の特権。だからね、もっと俺に頼って？　俺、葵さんのためならなんでもするよ？」

彼はゆっくりと葵を抱き締めると、柔らかく唇を重ねてきた。

「んっ」

優しいのはいつもと同じだが、いつもより深い。喉の奥のほうまで舌が来て、ねちっこく絡まっていく。息を吸うタイミングがわからない程の長い口付けにクラクラする。困惑して瞼《まぶた》を開けると、凌久の熱の籠《こ》もった眼差《まなざ》しとかち合った。

（あ……）

ドキドキする。初めてのキスではないのに、見つめられながらするだけで、初めてのときより緊張して身悶《みもだ》えする。その動きを制するように乳房を揉《も》まれて、じわっと濡れてしまう。

凌久は葵を見つめたまま、乳房を揉んでいた手を下肢に移し、スカートの中に忍ばせてきた。

ピクン！　クロッチ越しに秘め処を触られて身体が反応する。しかも彼はまるでこんなに濡れてると言わんばかりに、クロッチに染み出た愛液を吸い込ませるように伸ばしていくのだ。

聞こえてくるくちゅくちゅという濡れ音が、どこから響いているのか、わからなくなってくる。

（恥ずかしい……）

でも葵にはどうすることもできない。キスされたまま、濡れた布越しに蕾《つぼみ》を捏《こ》ね回されて、身体は無防備に気持ちよくなっていく。

そのときだった。凌久の指が二本、葵の中に入ってきたのだ。

「んっ！　んぅ〜〜」

もうすっかり蕩けてしまっている身体は、彼の指を受け入れ、奥へと誘い込む。でも凌久は指を浅い処でとめたまま、ゆっくりと優しくお腹の裏側を擦ってくる。

気持ちいい。でも、気持ちいいのに物足りない。触られて、逆に身体が疼《うず》く。凌久の指を咥《くわ》えた蜜口が催促するようにヒクついてこの人を欲しいと言う。

葵が震える手で凌久の胸に縋《すが》ると、彼は指を抜いて愛液をなすり付けるように蕾をいじってきた。

「どうしてほしい？　お願いできたら聞いてあげるよ？」

「んっ、は……あぁ……い、れて……お願い……」

「もう挿《い》れてほしいの？　ふふ、だめだよ。指でしっかりほぐさないと俺が持たないでしょ？　葵さんの中すごいんだから。指でいったら、挿れてあげる」

意地悪な囁きに、身体がカッと熱くなってぐずぐずに溶けていく。お願いしたら聞いてくれると言ったのに。あなたが持たないわけなんてないのに。

凌久は葵の両手を搦《から》め取って頭上で押さえつけ、今まで浅かった処を触っていた指を、一気に奥まで挿れてきた。

「ひゃああっ！」

しかも指が三本に増えている。身体の入り口が広げられる被虐感《ひぎゃくかん》で、カアッと顔が熱くなる。悶える葵の中を凌久の指が大きく掻き回してきて、ビクンッと身体が仰け反って息がとまる。凌久は指を出し挿れするのではなく、奥で手首のスナップを利かせ、指の腹で媚肉を押し上げてきたのだ。それは今までに見つけた葵の好い処で――

腰をガクガクと震わせながら、強烈な快感に身悶える。子宮口のすぐ手前をリズミカルに押し上げられたら、もうたまらない。そして脱がされていないショーツが割れ目に食い込んで、蕾をコリコリと刺激するのだ。

「あっ、あっ、っ、ひぃんっ！　やあぁ～っ！　ゆ、ゆび、ぬい、て……ああっ……おねがい……」

「そんなに可愛いくおねだりしてもだーめ」

お願いしているのに凌久は指を抜いてくれない。それどころか、愛液まみれになった隘《あい》路《ろ》で、指をバラバラに動かしてきた。

「うっ、はぁッ、はっ、ゆび、そんなうごかしちゃ……だめ……」

ぐちょぐちょと恥ずかしい音がする。耳を塞《ふさ》ぎたいけれど、手が動かせない。隅々まで触られている。漲《みなぎ》りにはない指独特の動きに、ズクンと子宮が疼いた。

「ね？　俺の指気持ちいい？」

耳に吹きかけられる意地悪な問いかけに、蜜口がキュッと締まった。

「ふふ、気持ちいいんだ？　可愛い」

「っっっっ⁉」

押し上げるだけでなく、手首から回転までしてきて蜜口を掻き回される。節くれ立った関節が媚肉をごりごり擦って、さっきとは違う刺激に目の奥に火花が散った。

引き伸ばされた蜜口が彼の指を悦《よろこ》んでしゃぶり、ヒクヒクしてしまう。快感から逃れようと腰を捻《ひね》ってみれば、濡れてよれたショーツがますます食い込んで蕾を擦る。こんなの、気持ちよすぎておかしくなる。

しかも身体の中が熱い。

触られるたびに、擦られるたびに、熱が広がって頭が痺《しび》れていく。

「あっ、あっ、あっ、アアッ――――！」

信じられないくらい高い声が出て、腰が浮き上がる。じゅぼっと勢いよく指を引き抜かれて、目の前が真っ白になった。

「はぁはぁはぁはぁ――あぁ……はぁはぁはぁはぁ……」

（イッちゃった……ゆびだけで……）

恥ずかしいのに、この次を期待して身体がますます濡れる。

凌久に押さえられていた手は解放されたものの、完全に脱力していて動けない。スカートの中はもうぐずぐず。

「次は俺と一緒に気持ちよくなろうね」

ゴムを咥えた凌久が艶《つや》っぽい目で見下ろしてくる。彼はカチャカチャとベルトのバックルを片手で外しながら、葵の脚を押し開いた。

「ひうっ！」

濡れたクロッチの横から、硬い漲りが奥までずっぽりと入ってきて、葵は目を見開いて身体を強張らせた。

「あ、あ、あぁ……あぁあ――」

声が震える。ついさっきまで、三本も指を挿れられていたのに、断然太さが違う。しかも硬い。奥までしっかり届いて、快感に快感が追いかけてくる。

「挿れられただけでイッちゃって可愛い」

ブラジャーのカップが軽く捲《めく》れられて、ぷくっと立ち上がった乳首が覗《のぞ》く。凌久の濡れた舌が伸びてきて、ぬるんっと乳首に巻きついた。そしてそのまま吸い上げられて、挿れられたお腹の奥がきゅんきゅんっと疼いていく。

で深呼吸する。
舐めて、吸って、齧《かじ》って――凌久は葵の乳首を舐めしゃぶり、揉んでは顔を埋め、谷間

「んんんん〜〜っ」

（におい……はずかしい……）

嗅がないでと言いたいけど、言えない。凌久の腰の速さが増していくのがわかる。お腹の中で彼が更に大きくなった。

「んっ、ん、は、はぅ、あっ、ああっ！」

たんたんたん――奥処《おくか》をリズミカルに突き上げられているうちに、首筋から耳の裏側まで舐め上げられてゾクゾクする。

「は……葵さん……」

凌久の声が興奮に震えている。身体も発熱したように熱い。呼吸も荒く、額に汗が浮いている。こんなになるほど一生懸命に抱いてくれている――なんて愛おしいんだろう。

葵は思わず凌久の頬を撫でた。

「好き」

こぼれた素直な気持ちに、顔を上げた凌久が目を見開く。彼は数秒間微動だにせず葵を見つめていたが、やがてカアッと顔を赤らめた。

「わ、わかってるけど！　わかってるけど、今言わないで！」

「どうして？　こんなに好きなのに……好きって言っちゃダメなの？」

ただ気持ちを伝えたい。言わずにすれ違うのはもういやだから。彼と自分の気持ちが本当に同じなら、それを確かめ合いたい。

「好きなの……私は凌久さんが好きなの……他の女《ひと》に取られたくない。私には凌久さんしかいないの。お願い、私だけを愛して――」

「ああ！　もう‼」

葵の願いを振り切るように叫んだ凌久に、ビクッと身が竦《すく》む。

でも他になにかを考えるより先に、彼にキスされていた。かぶりつくような口付けは、熱くて深い。熱の塊のような舌が口内を掻き回し、葵の呼吸を奪う。

乳房を強く摑まれて、きゅんっと隘路が締まったとき、凌久の抽送が再開した。

「ふ、ぁ、あ、あっ、あ！　まって、はげしいっ！」

「無理、待てるわけない」

凌久が腰を打ち付けるたびに、ギシギシと荒くベッドが軋む。今までとは違う荒々しいセックスに、葵の腰が浮き上がった。でも逃げられない。凌久が葵の両脚を押さえ込み、腰を強く押し付けてきた。

「葵さんが俺を興奮させるからいけないんだよ？　好きな子にあんなに『好き、好き』言われたら興奮するの当たり前でしょ？」

「ぁ……あぁ……こんな、おく……あぁ～だめ、いく……いっちゃう」

彼の硬い屹立を真上から挿れられて、子宮を力尽くで押し上げられて息がとまる。もうこれ以上入らないのに、まるで子宮口をこじ開けて、更に中に入ってこようとするかのような激しさだ。でもその激しさに悦んで翻弄《ほんろう》されている自分がいる。

「自分のことをめちゃくちゃ好きな男を興奮させたら駄目だよ。こんなことされちゃうんだよ、わかった？」

葵の一番奥を連続でノックして、ベッドのスプリングに合わせて突き上げられる。

（ああっ……！　すごい……きもちぃ……）

張りを強制的に奥まで受け入れさせられる気持ちよさに震える。快感をくれる凌久の張りに、媚肉が絡み付いて離れない。縋るようにもっともっとと、引き込んでねだる。

深い処で腰を揺さぶられながらシーツを掻き毟《むし》る葵の手を、凌久が包み込んだ。

「葵さんと別れることになったら、だっけ？」

凌久の声は聞こえているのに、まともに返事ができない。葵の口から漏《も》れるのは、「あっ、あっ」というセックスに悶える声だけだ。

「俺から別れたいって言うことは一〇〇パー、一〇〇〇パーないから、葵さんから別れたいって言われた場合ってことになるんだけど」

首筋に凌久の舌が這《は》った。そのまま耳の裏まで舐め上げられて、ついでとばかりに、耳の淵を嚙まれる。

(別れたいって思ってないよ)

その思いは口にはできなかった。凌久が燃えるような目で見つめてきたから──

「離さないよ? そうなったら、この部屋から一歩も出さないし、絶対逃がさない。考え直してくれるまで、いっぱい俺の気持ちを伝えるよ──愛してるって」

なんだか本能的にゾクゾクした。とっても気持ちいいことをされながら、とっても怖いことを言われている気がする。本当にそんなことになったら──

「ああ……いく、いく……んんぁ〜ひぅ──!」

もう何度いかされたのかわからない。目の前がチカチカして、身体が突っ張りながらビクビクと痙攣していく。そんな葵の乳房を揉みしだきながら、凌久はねっとりと腰を遣って中を抉《えぐ》るように掻き回した。激しくないぶん、ダイレクトに形を感じてしまう。

凌久はクスッと笑うと、葵の首筋に顔を寄せ、肌を強く吸った。

「葵さんの中に出したい。いつもそう思ってるんだよ? 嫌われたくないからしないだけ」

「きらったり、しないよ……?」

葵の声に、凌久の動きがピタリととまる。彼は顔を起こすと、「え?」っと目を瞬《またた》いた。

葵はずっと考えていた。この人を永遠に自分のものにする方法はないものか、と。彼が喜んで自分に堕《お》ちてくれる方法は――

「あなたが好きなの」

微笑みと同時に淩久を見つめると、彼の目がゆっくりと細まって、こてんと額が胸に押し当てられた。

「誘われてる気分」

「それは……誘ってるから……」

なんだか自分が大胆になっている気がする。でもそれが、女としての自分が本当に望んでいることなのだ。

この人を愛したい。愛されたい。その気持ちを証明したいし、証明してほしい。

淩久は葵を力いっぱい抱き締めると、「責任は喜んで取ります」と囁いた。

◆　◇　◆

それからしばらくは平穏な日々が続いた。平穏とはいっても、十二月の足音が近付いてくるたびに、葵の仕事はハードになっていく。事前撮影のあるテレビや雑誌関係が捌《さば》けていく一方で、リアルタイムの音楽イベントや生放送の現場が増えていく。現場が一日二、三本あるのはザラで、現場異動の間に睡眠を取る。朝早くから深夜までの稼働が続き、帰宅しては寝るだけ。ヘアメイクだけはバッチリきめていても、目の下にはクマ。規則正しい日なんて一日もない。担当するタレントが同じでも、同じ髪型が許されるわけではないから、常に前日とは違うことを求められて目が回る。好きでなくちゃやってられない。

そんな忙殺の日々を支えてくれたのは湊久だった。彼は葵との同棲開始時の宣言を有言実行してくれたのだ。日々の食事から、掃除洗濯だけでも助かるのに、深夜の現場にこっそり車で迎えに来てくれたときは拝みたくなるくらいありがたかった。

（あと三十分）

撮影スタジオの片隅で、腕時計を確認した葵は集中を乱さないように静かに息を吐《つ》いた。今入っている現場は、年末うたばん三時間スペシャル生放送。十五時から入った現場だが、撮影終了予定時間は二十一時。生放送だから撮影後のチェックがないのはいいが、後始末がある。そうしたら帰宅するのは二十三時になる計算だ。

明日はひと月ぶりの休み。明後日はファッションショーの本番が控えている。早朝から深夜までフル稼働が約束された現場だ。それに備えて一日くらい休めよ、と温情と共に与えられたのが明日の休みというわけだ。

「はい、CM入ります」

ADの声に合わせて、葵らヘアメイクが一斉にスタジオに入り、担当の髪の乱れを整え、顔の汗と脂を抑えてメイクを直す。地上デジタル放送が導入されてから、撮影ヘアメイクは毛穴レスが当然になった。写真ならデジタルで修正が入るが、生放送はそうはいかないから念入りに直さなくては。

葵が担当するのは大人気の女性アイドルユニットのRender = Move《レンダー＝ムーブ》。彼女らは五人組だが、全員が葵の担当だ。

「あっ」

隣で声が聞こえたと思ったら、他の女性へアメイクがブラシを落とした。カチャンと音を立てたそれを、ＡＤが無言で拾って渡してくれるが、もうそれは使えない。本当なら肩から斜めに提げた現場バッグに予備があるはずだが、チラッと見た彼女のバッグにはなかった。きっと疲れから忘れてしまったんだろう。本来なら起こり得ないことだが、同じ忙殺の日々を過ごしている者としては他人事には思えない。

「使って」

短いひと言を添えて、葵は自分の予備ブラシを手渡した。

「あ、ありがとう」

「もうひと踏ん張りだよ」

小声で励ましながら、目の前のアイドルのリップを塗り直す。

いつの日からか葵の中で芽生えたのは、ひとつひとつの現場を成功させたいという強い思いだ。もちろんそれは以前からあったものではあるが、方向性が少し変わったように思う。以前の葵にあった最終的な目的は、ヘアメイクとしての自分の評価のためだった。現場の成功よりも自分の評価に重きがあったのだ。つまるところ、自分の仕事が完璧であればそれで成功だったし、満足していたと言える。

でも今は、自分の評価よりも先に、現場全体の成功を意識するようになった。自分だけが完璧な仕事をすればいいわけではないように思えてきたのだ。

現場を作っているのは、ここにいるタレントやスタッフだけではない。この仕事を用意した人がいる。この仕事を用意するために奔走した人がいる。次に繋げるために動いている人がいる。自分は裏方だが、更に裏方がいる。

エンドユーザーが見るのはタレントだが、そのタレントが持てるポテンシャルを、自分は引き上げることができる。この仕事に関わったすべての人たちの努力を昇華させる場所にいるのだ。だから自分の持てる精一杯を発揮する――

仕事に対しての意識がひと段階上がったのは、凌久の存在がある。彼が、葵に自分より更に裏方の存在を如実に意識させた。

凌久が葵のために、裏でどれだけのことをしているのかわからない。彼が正直に全部を話してくれているとは思えないから、もしかすると葵に回ってくる仕事も彼がコントロールしているのかもしれない。

でも〝贔屓〟ではなく、〝頼り〟にされているのなら、葵はそれを受け入れたいと思うのだ。他の誰よりも信じたいのは凌久だから。

「はい、カーット！　お疲れ様でした！」

監督のひと声に、スタジオから一斉に緊張が解ける。

「お疲れ様でした！」

広めのメイクルームにＲｅ《レ》＝Ｍ《ム》のメンバーを入れて、脱いだ衣装を衣装担当が回収して回る横で、拭き取りタイプのメイク落としシートを配り、髪をほどいてとてんやわんやだ。

ようやく全員をメイクルームから見送ったときには二十二時を回ろうとしていた。

（ふぅ……終わった）

ようやく肩の荷が下りた。明日は休みだと思うと、早く帰りたい気持ちが強くなる。持参したメイク道具をスーツケースに収納して、葵はスマートフォン片手にメイクルームを出た。

エレベーターに向かいながら、シュシュで括《くく》っていた髪をほどく。それだけで開放感がすごい。生放送の間ずっと放置していたスマートフォンを見ると、通知が来ていた。

『そろそろ仕事が終わるかな？　近くにいるから、終わったら連絡して。迎えに行くよ』

凌久からのメッセージだ。受信時間を見ると、十分ほど前だ。

（近くにいるって！　嬉しい！）

わざわざ葵の仕事が終わる時間に合わせて、前もって迎えに来てくれたんだろう。本当に優しい人だ。

『今、終わり――』

「葵さん」

エレベーターを待ちながら、ポチポチと凌久に返信を打っていた葵の手がとまる。覚えのある声に振り向くと、そこには中森ミリアがいた。

ミリア――凌久の別れた彼女。いっときの間でも凌久に愛されていた女《ひと》。今も仕事で凌久と付き合いのある女《ひと》。

（――ううん、私がヘアメイクを担当したことのあるタレントさんよ）

頭を切り替えて、葵は意識的に笑顔を作った。彼女は、葵が視界に入ったから声をかけてくれただけなんだろう。クリスマスシーズンらしく、白いふわふわのポンチョがよく似合っていた。それに比べると、黒いタートルネック、黒いタイトスカートに黒いタイツという全身黒一色の葵は地味だ。

「ミリアさん。おはようございます。これから撮影ですか？」

「いーえ。もう終わったから帰るところなんですぅ～」

「そうなんですね。お疲れ様です」

葵が軽く会釈すると、ミリアはそのぽってりとした唇に自分の人差し指を添えた。

「葵さんも、終わりですか？」

コテンと首を傾げる様が本当に可愛らしい。凌久は、彼女のこういうところがよかったんだろうかだなんて思いながら、クールに徹して頷いた。

「ええ。さっきのうたばんが今日のラストです」

「じゃあ、ちょっとお話ししません？」

「えっ」

思ってもみなかった突飛《とっぴ》な申し出に反応が鈍る。

（話す？　なにを……？）

美容相談？　ヘアスタイル相談？　それともコーディネート相談？　ヘアメイクを担当したタレントたちから、こういった相談は頻繁にある。だがそれはメイク中や異動中の話題として出てくるもので、葵個人の時間を取ってまで対応したことはないのだが……

しかも明日はひと月ぶりの休み。凌久も迎えに来てくれることだし、早く帰って彼との時間を過ごしたい。はっきり言ってしまえば、時間をミリアに使うのが惜しかった。

「ごめんなさい。このひと月休みなしで――」

「凌久の話でも？」

ピクッと葵の作り笑いが引き攣るのを見て、ミリアが悠然と微笑んでいる。

「凌久と葵さんって、付き合ってるのかなぁ～ってなんとなく思っただけだったけどぉ、カマかけたらアタリだったみたい～ウフフ。んもぅ～もっと上手に隠さなきゃ～。あ、でもぉ、葵さんは女優でもなんでもないから仕方ないですよねぇ～」

自分を見下ろしてくるようなその眼差しに、胸の奥が冷えてくる。それは決して怯《おび》えからくるものではなく、実力主義のこの世界で、トップヘアメイクスタイリストにまで昇り詰めた葵の根性ったれの部分からだ。

（はぁ？　付き合ってたらなんだってのよ？）

隠さなきゃならない理由もわからない。葵はヘアメイクスタイリスト。凌久は広告代理店の営業。芸能記者が追いかけ回す対象でもなんでもないのだ。

せっかく忙しくしてミリアのことを考えずに済んでいたのに。なんの話があるのかは知らないが、喧嘩《けんか》を売ってくるなら買ってやろうじゃないか。

「私は聞く義理も必要もないですけれどね。そんなに聞いてほしいのならしょうがないわ……聞いてあげましょうか？」

ため息混じりに長い髪を掻《か》き上げる。真っ向から見据えてきた葵に、ミリアは一瞬怯《ひる》んだ気がした。

「一階のカフェに行くわよ」

ちょうどやってきたエレベーターに乗り込んで、有無も言わさず一階のボタンを押した。

ミリアもあとに続く。

ミリアと局外で話すつもりはない。ブレイク前とはいえ、彼女のキャスティングには凌久も関わっている。外部にトラブルを察知されて、凌久の足を引っ張るのはいやだった。

一階のカフェはビル内の奥まった位置にある。タレントたちも利用するし、待ち合わせや、軽い打ち合わせにも使われる場所だから、外から見えないように窓もない。三十席ほどあるが、時間が時間なだけに、お客はいない。若い男性店員がひとりで応対している。

『局内一階のカフェにいます。ミリアさんが凌久さんについて話があるそうで……面倒だけど聞いてきます。凌久さんもよかったら来て』

カフェでカフェラテを頼みながら、凌久にメッセージを送って、椅子に深く腰かける。なにが悲しくて彼氏の元カノとサシでやり合わねばならないのか。当然、凌久も呼ぶに決まっている。

（ま、彼女には言わないけどね）

局名が印刷された青い紙コップに口を付けて、葵は丸テーブルを挟んだ向かいに座るミリアを見やった。

「で、お話とは？」

葵から話はない。話がしたいと言ったのはミリアだ。そう言って促すと、ミリアはキッと強く睨《にら》んできた。

「あんた、あたしのメイク断ってるでしょ」

「？」

まったく身に覚えのないことで、思わず眉根を寄せる。

「なんのことです?」

葵が聞き返すと、ミリアは「しらばっくれないでよ!」と、語気を強めた。

「あたしが指名出してるのに、ずっと拒否ってるのなんでよ!」

(なるほど。それでキレてるわけか)

葵のスケジュールを管理しているのは、所属しているサロンであるシエリウムだ。そのサロンの事務所からも師匠のシエリからも、ミリアからの指名依頼についてはなにも聞いていない。でもミリアは依頼を出していると言う。

(だって普通に来年下半期までオーダー詰まってるし……)

これでも葵への指名依頼は多い。只今絶賛修羅場中の葵を煩《わずら》わせまいと、サロンが独断で却下することはよくある。それがマネジメントというものだ。そしてスケジュールの問題の他にも、予算の問題がある。シエリウムのトップヘアメイクスタイリストである葵の料金は、正直高いのだ。サロン側が断ったのなら、それは予算とスケジュールのどちらかが合わないということ。そんな葵の事情を聞きもせずに捲《まく》し立てるミリアは、ぶりっ子キャラが崩壊して、ただのワガママ女と化している。

「このあたしが指名してんのよ? ありがたく受けるべきでしょう⁉」

(う~ん。どう説明したものか)

キャンキャンと吼《ほ》えるミリアに頭を抱える。

どこからどう見てもタレントが裏方に当たり散らしてる図に、カフェの店員が気の毒そうな顔をしてバックヤードに引っ込むのが見えた。

「凌久に言いつけるわよ⁉　凌久はあんたよりあたしのほうが大事なんだから！」

（は？　今、なんて言った？）

「ありがたく受けるべき」云々までは適当に流しながら聞くことができた葵だったが、一気に表情が無になった。

「凌久はあんたよりあたしのほうが大事なんだから！」そう言ったのか？　こんなことを言われて流せるほど、葵は気弱で大人しい女ではない。

凌久がくれる愛を葵は信じている。

過去は過去。今、凌久に愛されているのは、目の前の女ではなく、間違いなく自分。そして、自分も彼を愛している。

葵の空気が変わったのをどう受け止めたのか知らないが、ミリアは得意気に胸を張った。

「凌久はね、今でもあたしに尽くしてくれるのー。付き合ってるときもそうだったけど、あたしのお願いは全部叶えてくれるのよ！」

「……へぇ？」

イラッとしながらもカフェラテを啜る。彼が尽くすタイプだというのは実感しているし、現在進行系でミリアの仕事に便宜を図っていることも知っている。知っているが、それをこの女の口から聞くとイライラしてくる。凌久から聞いたときは悲しかったのに、今はイライラするのだ。それは、繁忙期の寝不足と疲労の影響もあったとは思うが、自分が愛している男が、自分よりも過去の女を優先する男なんだと断言されたことが、猛烈に腹立たしかったのだ。そしてそれを言ったのがよりによってミリア。

凌久を裏切って、浮気して、悲しませた女——

（あなたが彼を語らないでよ⁉）

凌久をなんだと思っているのか。尽くされていることに……愛されていることに胡座《あぐら》をかいて、利用するだけ利用しているだけじゃないか。そして今度は、葵を思い通りにするために彼を利用しようとしている。凌久の気持ちが仮にミリアにあったとしても、そんなふうに彼を利用するのは許せない！

ミリアのやり口に猛烈な嫌悪感を覚えて、腸《はらわた》が煮えくり返る。

（凌久さんが許しても、私が許さない……！）

葵は空になった紙コップをテーブルにコトリと置いて、椅子の背もたれに身体を預けた。

「でも別れてますよね？」

突き放す葵に、ミリアは余裕たっぷりに鼻で嗤《わら》う。それは些《いささ》か傲慢《ごうまん》な笑みに見えた。

「あたしたちは普通の関係じゃなかったからぁ。凌久はあたしのことを本当に応援してくれて、別れたって言っても、あたしのデビューのために別れただけだもん。凌久は今でも変わらずあたしのことを応援してくれてるの。まぁ、葵さんはあたしの代わりみたいなモノかなぁ～ごめんなさいねぇ、あたしほら、事務所から彼氏NGって言われてるから～」

「いや、別れたのって、あなたの浮気が原因ですよね？」

（他の男と寝たくせに！　なにが代わりよ。ふざけんじゃ――）

「なにが代わりだよ！　ふざけんじゃねぇ！」

葵が腹の中で思ったことが、そのまま横から怒号になって飛んでくる。パッと振り返る間もなく、葵は熱い腕の中に抱き包まれていた。それはいつも葵を包んで離さない男《ひと》のぬくもりで――

「凌久、さん」

「葵さん、迎えに来たよ」

チュッとこめかみにキスされて、驚きに目を瞬く。自分で凌久を呼んでいたくせに、いざ彼が登場すると、不思議と胸が高揚するんだから始末に負えない。

さっきまでミリアに対して強気に言い返していたのに、凌久に抱き締められた途端、嬉しくって泣きたくなってくる。凌久がこうやって、ミリアではなく自分を抱き締めてくれたことが、彼の心の在処《ありか》の証明だから。

「聞き捨てならないな。誰が誰の代わりだって？」

「っ！」

凌久の絶対零度の眼差しがミリアを射貫き、彼女の顔を強張《こわば》らせる。自分の胸の前で交差する凌久の腕に葵がそっと触れると、彼が手を握ってきた。

「ごめんね、葵さん。ちょっと待ってて。こんな茶番、すぐ終わらせるから。終わったら一緒に帰ろうね。今日は温野菜と豆腐ハンバーグ作ったから食べてね。前に好きって言ってくれたやつだよ。楽しみにしてて」

髪を撫でてあやしてくれる凌久に安心するのに、どんな表情を向ければいいのかわからない。

凌久は葵と手を繋いだまま、ミリアを睨みつけた。

「この前もいい加減なこと言ってたけど、なんなんだよ。なにがしたいんだ？　仕事なら回してやってるだろ？」

「あたしは凌久くんと元に戻りたいだけ。また前みたいに……ね？　そう言ったでしょ？」

吐《は》き捨てる凌久に、ミリアはにっこりと微笑んでコーヒーを飲む。

「またその話か。俺、言ったよな？　君には商品以上の興味も関心もないって」

「そんなこと言っちゃって、んもぅ……あたしのこと好きなくせに！　あたしが売れっ子になったときに彼氏がいたら困るって思ってるんだよね？　事務所の人にも付き合ってません宣言してたし。安心して、凌久くんの気持ちはちゃ～んとわかってるから」

「いや、絶対わかってない……」

「凌久くんは彼氏持ちは印象悪いって言ったけど、あたしはそんなことないと思うよ？　だってあたしくらい可愛いと彼氏いて当たり前じゃない？　事務所の方針もちょっと古いよね～時代考えなきゃ～。アイドルだって恋愛してるって！」

「…………」

凌久はミリアの反応に頭を抱えて、心底嫌そうに肩を落としている。

「そうそう、あのね。それよりお願いがあるの。この人にあたしのヘアメイクに入るように凌久くんからも言って！　あたし、この人のメイク気に入ったの。あのRe《レ》＝M《ム》と同じヘアメイクさんとか最高。ね？　凌久くん、お願い～」

胸の前で手を組み合わせたおねだりポーズで、ミリアがあからさまなしなを作る。さすがにタレントになるだけのことはある。上目遣いで見つめてくる彼女は、女の葵から見ても愛らしかった。自分とあまりにも違いすぎる。葵はこんなに大胆に甘えられない。

たぶん、彼女を守りたい、彼女の願いを叶えたいと思う男は多いはず。こうやってミリアは、凌久から自分の欲しいものを引き出してきたんだろう。そして凌久はミリアの希望に応えてきたはずだ。それだけ過去の凌久は彼女のことが――

（……好きだったのかなぁ……）

一度は呑み込んだはずの気持ちが不快に沸き上がってくるのを感じる。

今の凌久は自分を選んでくれた。だから揺れたくないのに、揺れてしまう。過去の凌久が選んだ女に嫉妬してしまう。凌久を好きになればなるほど、割り切れない思いが膨らんでいくのだ。

凌久はどう返事をするのだろう？　葵が唇を引き結びつつ視線を向けたとき、彼はため息混じりに口を開いたところだった。

「はぁ……どうしたものか……」

凌久の目にあるのは、ミリアに対する筆舌に尽くしがたい嫌悪感だ。

「あのさぁ……俺、結構言葉尽くして話してるつもりなんだけど、わかりにくいみたいだから頑張ってはっきり言うね。君、現場からの評判悪いよ」

「なっ！」

ミリアの顔が赤くなって一気に引き攣る。けれども凌久はお構いなしに話を続けた。

「現場スタッフからの評判がよくない新人なんて、正直、起用したくないんだ。ファッションショーに捻《ね》じ込めとか、ヘアメイクは葵さんにしろとか……なにを勘違いしてるんだ？　身のほどを弁《わきま》えろよ！　葵さんはトップクラスのヘアメイクスタイリストだぞ。君みたいなぺーぺーじゃ採算合わないんだって！　もっと売れてから言いなね？　君をサワプロに紹介したのは失敗だった。めちゃくちゃ後悔してる。磨けば光るかと思ったけど、とんだ期待外れ」

凌久の歯に衣着《きぬ》せぬ物言いに、ミリアは見る見るうちに目に涙を溜めると、両手をバンッとテーブルに叩きつけて立ち上がった。

「なんでそんなこと言うの！」

「なんでって……事実だからだよ」

凌久はサラリと言ってのけると、繋いだままの葵の手をギュッと強く握ってきた。

「いい加減、気付こうか。君が喧嘩を売った人は、俺の大事な人なんだよ。あんまり俺を怒らせるな。まぁ、俺を怒らせてどうなるか知りたいなら、試せばいいよ。――やれよ」

短く低い声と共に、にっこりと微笑む凌久の表情《かお》が怖い。

業界を牛耳る一族に生まれ、自分の持てる力を振るうことに躊躇《ためら》いのない男が、真っ向から〝自分を試してみろ〟と言うことの意味を考えるだけで身が竦む。彼を怒らせて終わった人が身近にいただけに、余計に……

「凌久さん」

呼んで宥めると、彼は普段と変わらない笑みを葵に向け「ん？」と軽く眉を上げた。

「大丈夫だって。わざわざ手を回して干すなんてひどいことしないから。普通に俺が仕事回さなかったら、この人勝手に終わるし。俺が履かせた下駄《げた》を、俺が回収するだけだよ？元に戻るだけなんだから別にいいじゃん、実力で勝負すれば？実力主義大いに結構。むしろ大歓迎」

「ッ！」

あっけらかんとした凌久の言葉に、ミリアが声を詰まらせる。見ると顔色が悪い。彼女は手を小さく震わせると、それ以上はなにも言えなくなったのか、走ってカフェを出ていった。

「あ、逃げた」

ミリアを追いかけることもなく、その背中に呆《あき》れた声を向けて、凌久がやれやれと言った具合で嘆息する。

「……ねぇ、よかったの？」

ふたりのやり取りを見守っていた葵だが、どこか決まり悪くて視線が下がる。凌久がミリアにあそこまでキツく言ったのは、葵がいるからだ。葵が彼に言わせたも同然で——

凌久は机に残されていた紙コップをゴミ箱に捨てて、小首を傾げながら戻ってきた。

「なにが？」

「なにがって……あの子のこと。その……今は私のこと好きでいてくれてるってわかってるけど……前はあの子のこと、泣くほど好きだったんじゃ……」

あの日見た彼の涙を葵は今も覚えている。

あんなに想っていた彼女を切り捨ててしまって、彼は後悔しないんだろうか？　と思った矢先――

「ええ⁉　なんのこと？　泣くほどって……俺が泣いたの？　なにそれ、いつの話⁉」

不意に上がった凌久の声がカフェ中に響いた。彼は目を丸くし、顔全体が驚きと戸惑いに満ちあふれている。凌久も驚いているようだったが、葵のほうも驚いていた。ついでにカフェの店員も凌久の声に驚いて、バックヤードから顔を覗かせている。

「私と初めて会ったとき。カフェで……別れたって話して……」

自分の見た光景を思い出しながら説明すると、凌久がおもいっきり慌てた様子で首を横に振った。

「泣いてない！　泣いてない！　目にゴミが入っただけ！　なんで浮気した女のために俺が泣かなきゃならないの。勘弁してよ！　あのね、そもそもあの人と付き合ったのはしつこかったからなの！　ストーカーみたいにずっと連絡してくるから面倒になって、適当に相手してればそのうち向こうが飽《あ》きるだろうと思って付き合ってただけで、別に俺はあの人のこと好きでもなんでもないの！　そこ間違わないで！　お願いだから！」

「…………」

キュルルルルと葵の頭の中で、あの日の記憶が音声付きの映像となって巻き戻る。

淡い陽射しの中、彼は目元に手をやりながら気怠《けだる》げに――

『……泣いてない。目にゴミが入っただけ』

（確かに、目にゴミがって言ってたわ……）

強がりで言っていたのだと思っていたが、そうではなかった？　あの涙は、別にミリアを想って流していたわけではない？　あの涙を見ていたからこそ、葵はあんなに何度も悶々《もんもん》としていたのに？　彼はゴミに泣かされていただけ？　だとしたら、随分と話が変わってくる。

（初めからあの子のこと、好きじゃなかったんだ……私の勘違い……？）

どっと胸の内がとけていくのが自分でもわかった。

椅子に座ったまま葵が呆然《ぼうぜん》としているうちに、凌久が両手を取ってくる。

「葵さんにフラれたら、泣くね。絶対泣く。お願いだから捨てないでって、人前だろうとみっともなく縋《すが》って大泣きするね」

冗談とも本気ともつかない笑みを浮かべて、彼は葵の手を自分の額に押し当てた。

「俺は葵さんの側にいられれば、すごく幸せだよ。葵さんもそう思ってくれたらいいな……っていうか、俺が葵さんを幸せにしたいといいますか……。絶対幸せにするので、一生一緒にいてください」

彼の言葉の意味を理解していくごとに、胸がドキドキしてじんわりと顔に熱が上がる。

それはつまり、彼が自分と一生を共にすることを望んでくれているということで――

「なんか、その……プロポーズみたいなんですけど……？」

赤くなった葵が思わずそう言うと、凌久もカアッと赤面した。

「プロポーズは……もっとちゃんとした場所でしたかったのに……ああ～～っ！」

力なくその場にしゃがみ込んで、凌久は葵の手に縋ってうな垂れた。

こんなはずじゃなかった……こんなはずじゃなかったんだとブツブツ言う彼は、耳まで赤くしている。

もしかして、プロポーズのことまでいろいろ考えていてくれたんだろうか？

「嬉しかったよ？」

俯《うつむ》いた凌久の耳元で囁くと、彼の顔がパッと持ち上がった。

「ホント!?　指輪用意してもいい？　俺と結婚してくれる!?」

なんて可愛い人なのか。さっきまで落ち込んでいたくせに、もう笑顔になっている。愛おしさを隠さないその笑みに、葵の頬も綻《ほころ》んだ。

「嬉しい……！」

葵の声と共に、凌久が握る手を強めてくる。

彼との出会いが今を作り、今が更なる未来へと続いていく。繋いだこの手を、彼はきっと離さないだろう。

「葵さん、帰ろう！」

「うんっ」

立ち上がって一歩を踏み出す。

メイクの神様に誓った通り、仕事も恋も両立してみせる。この人と一緒なら大丈夫。

（メイクの神様！　私は仕事も家庭も両立できます！　見ててください！）

手を引いてくれる凌久の後ろ姿を見ながら、葵はきっと幸せになれると確信した。

◆　◇　◆

「よし！　できた」

師匠であるキタホリシエリにリップを塗ってもらった葵は、ゆっくりと目を開けた。

鏡の中に映るのは、エレガントなハイネックタイプのウェディングドレスを身に纏《まと》った自分。上半身は繊細なレースの模様が浮かび上がっていて、全体的にクラシカルな雰囲気《ふんいき》だ。

髪はローシニヨンで丸いシルエットを作り、大きめのリボンボンネットとパールピンで飾る。前髪に大ぶりのフィンガーウェーブを取り入れれば時代に流されない正統派クラシカルウェディングスタイルとなる。普段はヘアメイクスタイリストとして施す側の葵だが、師匠にセットされると勉強になる以上に身が引き締まる思いだ。

凌久にプロポーズされた翌年。葵が二十九歳の誕生日を迎える直前の六月に、ふたりは式を挙げることにした。海沿いのチャペルを貸し切っての挙式だ。式のあとには、プライベートガーデン付きのアンティークな邸宅で、披露宴パーティをすることになっている。「式なんて柄じゃないよ」と葵は言ったのだが、「ウェディングドレスを着た葵さんが見たい！」と凌久に押し切られた形だ。

凌久と葵、両家の親族だけではなく、凌久の取引先や、葵が懇意にしているタレントたちも出席してくれ、参列者はかなり豪華な顔ぶれだ。ちなみに、和装のお色直し担当は、巨匠アザミ。

「ふふん。自信作。綺麗よ、葵」

「ありがとうございます。師匠《せんせい》」

「葵。幸せになんなさい」

椅子に腰かけている葵の肩をポンポンと叩きながら、師匠が力強く微笑んでくれる。厳しくも優しいこの師匠は第二の母だ。葵が頷き返すと、彼女は徐《おもむろ》に立ち上がった。

「花婿さん呼んでくるわ。あんたのお母さんにも挨拶したいし」

「はい……ありがとうございます」

パタンとドアが閉まって、控え室にひとりになった葵は、もう一度鏡を見つめた。

師匠が自信作だと言った通り、髪型もメイクも完璧。プロ中のプロの神技術で盛られたぶん、控え目に言っても綺麗だ。でもずっと裏方として生きてきたせいか、自分が主役になる日に、照れ以上に奇妙な戸惑いを覚えるのも事実。

（ああ〜っ、緊張する……）

「あ、はいっ！」

コンコンとノックされ、慌てて返事をする。勢いよく開いたドアの先にいたのは、花婿である凌久だった。葵チョイスのライトグレーのタキシードを着た彼は、その長い脚も相まってモデル顔負けの出で立ち。亜麻色の髪をセットして一段と凛々《りり》しい。神がかった造形美が更に際立っている。

「――――っ！」

凌久は息を呑むと、目を見開いてその場に固まった。葵を凝視したまま微動だにしない。

「凌久、さん？」

どうしたんだろう？　どうしてなにも言ってくれないんだろう？

戸惑いが不安に変わりはじめた頃、凌久は足早に近付いてきてガバッと葵の前に跪《ひざまず》いた。

そして葵の手を取り、ギュッと固く握りしめる。

「愛してます。俺と結婚してください」

二回目のプロポーズも一度目と負けず劣らず唐突だ。

結婚の返事ならもうしたのに、それでも彼の目は真剣で、葵を心から望んでくれているのがわかる。迷いなく、ただ葵だけを欲してくれる人の眼差しは、甘いのにじんわり熱い。

その眼差しに、不安も戸惑いも緊張も解けて、葵はふわっと微笑んだ。

「喜んで」

パアァッと表情を輝かせると、凌久は握りしめていた葵の手に自分の唇を当てた。

「今、めちゃくちゃキスしたい。でも今の葵さん、とっても綺麗だから、キスできない。悔しい。ああ、でも綺麗。ものすごく綺麗。普段も綺麗なんだけど！　なんだけど……なんかもう、言葉にならない……俺と結婚してくれてありがとう。絶対に幸せにするから。葵さんのためならなんでもする。俺が葵さんを支えるから」

興奮ぎみに早口で捲し立てる凌久は、何度も何度も葵を褒《ほ》めて、そのたびに手にキスしてくるのだ。そんな彼が可愛くて、セットされているとわかりつつも、ついついその亜麻色の髪を撫でてしまう。

「もう、凌久さんったら……」

「俺、自分が遅漏でよかったって心底思ってる！」

「…………」

神がかった造形美を持つ彼が、至極真面目な顔でそんなことを言うものだから、面食らった葵はパチパチと目を瞬かせた。

「ぷっ……もぉ～～やだぁ～～」

思わず吹き出して、脱力して天井を見上げると、立ち上がった凌久が葵の手を握ったまま目を見つめてきた。

「遅漏な俺はいや？」

「ううん。最高」

見つめ合って笑いながら、ふたりは結局、唇を合わせた。

（メイクの神様！　私、絶対に幸せになります！）

あとがき

遅漏、遅漏、遅漏、遅漏……リアルでは到底口に出したことのない単語を何度書いたかわからない本作です。

イラストを担当してくださったのは田中琳先生です。田中先生、いつも素晴らしいイラストをありがとうございます。皆様、御覧ください。この神造形のイケメンが遅漏です。

これまでキャラクターには様々な属性を搭載してきましたが、〝遅漏〟と〝名器〟の属性は初めてです。皆様いかがでしたでしょうか？　彼らには悩みがありますが、その悩みが二人合わされば幸せになれる……そんな話になりました。きっと二人はこれからもラブラブで過ごすでしょう。

担当氏をはじめ、本作に関わってくださった皆様、今回もありがとうございました。

ヴァニラ文庫ミエルは今年で8周年！　本作の内容で周年SSも書きましたので、そちらもご覧いただければ幸いです。本作を通して、皆様とご縁を頂けましたことを感謝いたします。また皆様にお目にかかれるときを夢見ております。

Vanillaヴァニラ文庫 Mielミエル

「逃げられるとでも思っているのかな？」26年間、恋人がいなかったあかりは
イケメン＆ハイスペックな幼馴染みの昴に捕まってしまった！
距離を置こうとしても、すぐに追いかけてきてお仕置き宣言!?
奪われるような口づけにとろけるような甘いエッチ。
あかりを中心に世界が回る昴の濃厚な愛はますますエスカレートしていって…!?

好評発売中

Vanilla《ヴァニラ》文庫 Miel《ミエル》

麻生ミカリ
Mikari Asou
画 三廼
Mitsuya
絶対に好きになってはいけない
副社長と
恋人契約したら
同居×溺愛されています
Vanilla文庫Miel

会社の業績不振に頭を悩ませる夏乃は、恋愛経験0の平凡女子。
融資を条件にライバル会社の副社長で巨大企業御曹司の千隼と恋人契約を
結んだら、まるで本物の恋人のように甘やかされたり嫉妬されたり戸惑ってしまう。
「きみを初めて奪うのは俺だよ」蕩けるような愛撫に翻弄され、
初めてを捧げる夏乃。期間限定の関係なのに、惹かれずにいられなくて!?

好評発売中

原稿大募集

ヴァニラ文庫ミエルでは乙女のための官能ロマンス小説を募集しております。
優秀な作品は当社より文庫として刊行いたします。
また、将来性のある方には編集者が担当につき、個別に指導いたします。

◆募集作品

男女の性描写のあるオリジナルロマンス小説（二次創作は不可）。
商業未発表であれば、同人誌・Web 上で発表済みの作品でも応募可能です。

◆応募資格

年齢性別プロアマ問いません。

◆応募要項

・パソコンもしくはワープロ機器を使用した原稿に限ります。
・原稿は A4 判の用紙を横にして、縦書きで 40 字 ×34 行で 110 枚 ~130 枚。
・用紙の 1 枚目に以下の項目を記入してください。
　①作品名（ふりがな）/②作家名（ふりがな）/③本名（ふりがな）/
　④年齢職業 /⑤連絡先（郵便番号・住所・電話番号）/⑥メールアドレス /
　⑦略歴（他紙応募歴等）/⑧サイト URL（なければ省略）
・用紙の 2 枚目に 800 字程度のあらすじを付けてください。
・プリントアウトした作品原稿には必ず通し番号を入れ、右上をクリップ
　などで綴じてください。

注意事項
・お送りいただいた原稿は返却いたしません。あらかじめご了承ください。
・応募方法は必ず印刷されたものをお送りください。CD-R などのデータのみの応募はお断りいたします。
・採用された方のみ担当者よりご連絡いたします。選考経過・審査結果についてのお問い合わせには応じられませんのでご了承ください。

◆応募先

〒100-0004　東京都千代田区大手町 1-5-1　大手町ファーストスクエアイーストタワー
株式会社ハーパーコリンズ・ジャパン　「ヴァニラ文庫作品募集」係

“遅漏の彼”と“名器の彼女”が出会ったら相性抜群でした!?

～極上御曹司ととろ甘蜜愛～

Vanilla《ヴァニラ》文庫 Miel《ミエル》

2024年3月5日　第1刷発行　　定価はカバーに表示してあります

著　作　槇原まき　©MAKI MAKIHARA 2024

装　画　田中 琳

発行人　鈴木幸辰

発行所　株式会社ハーパーコリンズ・ジャパン

東京都千代田区大手町1-5-1

電話　04-2951-2000（営業）

0570-008091（読者サービス係）

印刷・製本　中央精版印刷株式会社

Printed in Japan ©K.K.HarperCollins Japan 2024 ISBN978-4-596-53917-5

乱丁・落丁の本が万一ございましたら、購入された書店名を明記のうえ、小社読者サービス係宛にお送りください。送料小社負担にてお取り替えいたします。但し、古書店で購入したものについてはお取り替えできません。なお、文書、デザイン等も含めた本書の一部あるいは全部を無断で複写複製することは禁じられています。

※この作品はフィクションであり、実在の人物・団体・事件等とは関係ありません。